Rêves de mariage

REBECCA WINTERS

Rêves de mariage

Traduction française de
CLAIRE NEYMON

Harmony

HARLEQUIN

Titre original :
WEDDING THE GREEK BILLIONAIRE

HARPERCOLLINS FRANCE
83-85, boulevard Vincent-Auriol, 75646 PARIS CEDEX 13
Service Lectrices — Tél. : 01 45 82 47 47 - www.harlequin.fr
ISBN 978-2-2804-5382-0 — ISSN 2740-3548

Composé et édité par HarperCollins France. Achevé d'imprimer en mai 2021.
par CPI Black Print - Barcelone - Espagne
Dépôt légal : juin 2021.

FSC
www.fsc.org
MIXTE
Papier issu de sources responsables
FSC® C159065

Pour limiter l'empreinte environnementale de ses livres, HarperCollins France s'engage à n'utiliser que du papier fabriqué à partir de bois provenant de forêts gérées durablement et de manière responsable.

1

En cette fin de mois de mai, il faisait un temps magnifique, mais la circulation à Patras était hélas aussi catastrophique qu'à Athènes. Ce qui n'était pas peu dire !

Zoe Perkins était arrivée en Grèce en janvier, dans le but de poursuivre des recherches sur Lord Byron, le célèbre poète britannique. Ce matin-là, elle avait commandé un taxi pour se rendre au port. Elle devait prendre le ferry à destination d'Ithaque et ne pouvait se permettre d'être en retard..

— Pourriez-vous accélérer un peu ? lança-t-elle au chauffeur..

— Je fais le maximum ! assura-t-il en anglais par-dessus son épaule

Elle avait pourtant prévu large, mais elle voyait le temps défiler et commençait sérieusement à s'inquiéter.

Frustrée, elle se tourna vers la vitre et se figea : un camion se dirigeait vers eux à vive allure et le chauffeur, qui venait d'entrer dans le carrefour, ne semblait pas les avoir vus..

— Attention ! cria-t-elle. Il va nous…

Le camion freina, mais la collision eut lieu sans qu'elle ait eu le temps de terminer sa phrase.

Le choc fut violent. Heureusement, elle avait bouclé sa ceinture et elle se retrouva juste plaquée contre son siège.

Choquée, elle s'efforçait de reprendre ses esprits lorsqu'elle vit le chauffeur écroulé sur le volant. Du sang coulait sur le côté de son visage.

Horrifiée, elle se pencha vers la banquette avant..

— Ça va ?

Elle n'obtint pas de réponse.

Oh ! seigneur ! Tout était sa faute ! Elle avait insisté pour qu'il roule plus vite. Déjà un attroupement se faisait autour de la voiture. L'accident était en train de provoquer un embouteillage monstre.

Décidée à porter secours au chauffeur, Zoe dégrafa sa ceinture. Elle voulut ouvrir sa portière, mais celle-ci fut bloquée par un homme qui s'adressa à elle en grec..

— Laissez-moi sortir ! protesta-t-elle en poussant désespérément la portière..

— Je suis désolé, *kyria*, mais vous êtes peut-être blessée. Les secours vont arriver.

Cette fois, il avait parlé dans un anglais teinté d'un fort accent grec, d'une voix élégante et profonde qui la troubla..

— Je vous remercie, mais je me sens parfaitement bien, je vous assure. C'est le chauffeur qui est blessé, pas moi ! J'ai essayé de lui parler, il ne répond pas.

L'homme se pencha vers elle derrière la vitre, et Zoe sentit le souffle lui manquer. Teint bronzé, cheveux noir de jais, regard sombre et pénétrant ; il était la séduction même. Les sourcils froncés, il la scrutait comme s'il doutait qu'elle dise la vérité.

Il devait avoir un peu plus de la trentaine et portait un costume léger, couleur tabac, sur une chemise blanche. Il se rendait sans doute à quelque réunion importante pour être vêtu de la sorte..

— Il vaut mieux laisser les secours décider de votre état, conclut-il avec autorité.

Il n'avait pas bougé, et Zoe n'en revenait pas. Pour qui se prenait-il ?.

— Il faut s'occuper du chauffeur, insista-telle..

— Il a déjà repris ses esprits, *kyria*. Il est vraisemblable qu'il ne soit que légèrement blessé.

— Je n'aurais jamais dû lui demander d'accélérer.

Zoe sentait qu'elle subissait le contrecoup maintenant. Elle s'était mise à trembler..

— Je… J'avais peur de manquer le ferry pour Ithaque..

— Vous avez un rendez-vous là-bas ?.

— Non. J'ai un emploi du temps très serré, c'est tout. Et il n'y aura pas d'autre ferry avant demain. Mais peu importe, à présent. Ce qui compte, c'est de porter assistance à cet homme !.

— Il n'a rien de grave, ne vous inquiétez pas. Tâchez de vous détendre.

Elle entendit alors une sirène au loin. Quelques instants plus tard, les secours arrivaient. De toute évidence, le policier qui les accompagnait connaissait bien son interlocuteur. Les deux hommes se parlèrent brièvement, puis un membre de l'équipe de secours médical vint examiner Zoe, pendant que le chauffeur était pris en charge et emmené en ambulance.

En fin de compte, tout allait bien pour Zoe, et on l'aida à descendre du taxi. L'homme qui lui avait parlé était toujours là, à quelques pas. Lorsqu'il s'approcha, elle demeura subjuguée, incapable du moindre geste. Il était grand, un mètre quatre-vingt-cinq peut-être, mince, musclé, et d'une virilité qui la troublait au plus haut point.

Zoe en vint à se demander si l'accident n'avait pas affecté sa vue. Il lui semblait que venait de surgir devant elle la réincarnation d'un de ces dieux grecs magnifiques que l'on voyait dans les musées. Elle avait les jambes en coton.

Le policier prit ses coordonnées et l'informa qu'il allait appeler un taxi pour la reconduire. Zoe n'eut pas le temps de le remercier : l'homme au complet tabac s'interposait en prononçant quelques mots en grec à l'adresse du policier..

— Je lui ai dit que je vous accompagnais, précisa-t-il en anglais en se tournant vers Zoe..

— *Efkaristo, kyrie* Gavras, lança le policier.

Toujours muette, Zoe tressaillit. Gavras ? Ce nom ne lui était pas inconnu. Il y avait un hôtel, dans le centre-ville, qui s'appelait ainsi. Gavras House. S'agissait-il du même Gavras ? Elle avait également vu ce nom dans la presse, ainsi que dans plusieurs lieux, au fil de ses pérégrinations dans cette partie occidentale de la Grèce..

— Nous n'avons pas été officiellement présentés, je crois, *kyria* Perkins, dit l'homme.

Il avait retenu son nom, preuve qu'il avait écouté lorsqu'elle avait communiqué ses coordonnées au policier..

— Je m'appelle Andreas Gavras, poursuivit-il. Si vous le permettez, je vais vous conduire où vous le souhaitez. Ma limousine n'est pas loin..

— Merci, mais ce ne sera pas nécessaire. Vous ne me devez rien..

— Ma voiture se trouvait juste derrière le camion qui est entré en collision avec votre taxi. C'est moi qui ai appelé les secours, et il me serait agréable de pouvoir vous rendre service. J'imagine que vous agiriez de même à ma place, non ? Où puis-je vous déposer ?

Réfléchis, Zoe ! souffla une petite voix intérieure dans l'esprit de Zoe. *Qu'as-tu à craindre ?.*

— Dans ce cas, chez moi… Ce n'est pas loin d'ici.

L'homme se pencha pour récupérer son sac sur le siège du taxi et le lui tendit..

— Venez ! Mon chauffeur s'est garé en face.

Il referma la main sur son coude, lui offrant son appui tandis qu'ils se frayaient un chemin parmi les voitures immobilisées. Lorsqu'ils furent parvenus de l'autre côté de la rue, il lui ouvrit la portière, et elle se glissa sur la banquette arrière d'une luxueuse limousine..

— Comment vous sentez-vous ? demanda-t-il en prenant place à côté d'elle..

— Bien. Un peu choquée peut-être….

— C'est compréhensible. Ce qu'il vous faut, c'est boire quelque chose.

Par l'Interphone, il adressa quelques mots au chauffeur, et la limousine démarra aussitôt, glissant en douceur sur l'asphalte. Bientôt, le chauffeur bifurqua dans une rue adjacente et s'arrêta devant la terrasse d'un café..

— Attendez-moi, *kyria*. Je reviens tout de suite, dit l'homme.

D'un mouvement souple et élégant, il descendit de voiture et pénétra dans le café, pour réapparaître quelques instants plus tard..

— Je vous ai pris de la citronnade, annonça-t-il.

La main de Zoe tremblait lorsqu'elle s'empara du gobelet qu'il lui tendait. Elle but avec délectation. Elle ne s'était pas rendu compte qu'elle avait la gorge aussi sèche..

— C'était délicieux, dit-elle, réconfortée..

— J'en suis ravi. Vous vous sentez un peu mieux à présent, j'espère ?.

— Oui. Nettement.

Il avait volé à son secours tel un chevalier servant sauvant sa belle, songea-t-elle en réprimant un sourire..

— Veuillez m'excuser un instant, dit-il. J'appelle mon bureau et ensuite je vous invite à déjeuner. Je connais un endroit très agréable..

— Je vous remercie, vous avez été très aimable, mais si vous deviez vous rendre à votre bureau pour un rendez-vous important, je ne veux pas que vous le manquiez à cause de moi.

Andreas Gavras posa sur elle un regard qui lui coupa le souffle..

— Je suis ravi que vous me serviez de prétexte pour échapper à l'un de ces conseils d'administration lénifiants durant lesquels je m'endors, en général.

Zoe n'en crut pas un mot..

— De plus, je n'ai pas pris de petit déjeuner ce matin, il faut que je me restaure. J'imagine que vous n'avez pas mangé non plus ?

Elle sourit..

— Ça se voit tant que ça ? Non, en effet. Je comptais déjeuner sur le ferry..

— Parfait ! Le restaurant auquel je pense supportera la comparaison haut la main. Je vous demande une seconde, ajouta-t-il en s'emparant de son téléphone portable.

Lorsqu'il raccrocha, Zoe avait totalement repris ses esprits. De nouveau, la limousine se glissa dans la circulation. Très vite, ils quittèrent la ville et prirent la direction de la côte, distante d'une quinzaine de kilomètres..

— Je mangerais volontiers du poisson, dit l'homme. Qu'en pensez-vous ?.

— C'est une excellente idée !.

— Si cela vous convient, je peux même choisir un plat pour vous ! Cela vous permettra de découvrir un peu notre gastronomie..

— Alors là, je ne dis pas non ! J'avoue ne pas maîtriser encore la carte de vos restaurants.

Il s'adressa de nouveau au chauffeur qui les arrêta bientôt devant l'un de ces superbes établissements de bord de mer que l'on voit représentés dans les brochures destinées à la jet set. Un lieu manifestement très sélect.

Le restaurant était plein lorsqu'ils pénétrèrent dans la

superbe salle. Une table avec une vue magnifique sur la mer leur avait été réservée.

Zoe avait l'impression de rêver.

Son compagnon tira une chaise et l'invita à prendre place, puis il s'assit en face d'elle à la table dressée dans les règles de l'art sur une nappe d'un blanc immaculé.

Il passa la commande en grec d'un ton assuré puis leva les yeux vers Zoe et parut détailler son visage de son regard sombre, intense..

— Pourquoi souhaitiez-vous aller à Ithaque ? demanda-t-il..

— Je suis en Grèce depuis le mois de janvier pour effectuer des recherches sur la vie de George Gordon Byron, sixième baron Byron, mieux connu sous le nom de Lord Byron. J'ai visité de nombreux sites importants pour lui, mais il me reste encore des régions à voir et à étudier.

Le visage d'Andreas Gavras s'était illuminé à ces mots, témoignant d'un vif intérêt qui surprit Zoe..

— Et pourquoi Ithaque en particulier ?.

— Lord Byron y a passé quelque temps. Je souhaite y rencontrer des historiens locaux qui pourront certainement m'éclairer à son sujet..

— Quel genre de travail faites-vous ?.

— Je prépare un doctorat de l'université de Californie et je donne des cours sur les romanciers du début du XIXe siècle. À Noël dernier, Magda Collier, qui est une célèbre metteuse en scène à Hollywood, a entrepris de réaliser le premier long-métrage de sa carrière et elle a choisi Lord Byron comme sujet. Elle a eu besoin de spécialistes pour mener des recherches avec un regard nouveau et donner plus de véracité à son scénario..

— Et c'est vous qu'elle a choisie ?.

— Pas seulement moi. Elle a également pris deux autres universitaires, Ginger et Abby, qui viennent respectivement des universités de Stanford et de San José, pour collecter des informations. Ce qu'elle veut, c'est montrer que Lord Byron était un génie dont la spiritualité peut beaucoup apporter au monde. Elle souhaite mettre l'accent sur le rayonnement du poète et de l'homme. J'ai adhéré tout de suite à son projet et je suis enchantée de faire partie de son équipe..

— C'est un honneur, j'ai l'impression..

— Tout à fait. Juste avant Noël, nous avons passé une semaine à Los Angeles en compagnie des scénaristes. Nous avons vu ensemble ce que Magda recherchait exactement. Depuis, je lui envoie régulièrement des informations. Abby et Ginger font de même depuis la Suisse et l'Italie, où elles se trouvent respectivement en ce moment. Je dois bientôt rentrer aux États-Unis, voilà pourquoi j'essaie de profiter au maximum du temps qu'il me reste à passer ici..

— Vous me paraissez très experte en ce qui concerne Lord Byron !.

— J'étudie ses œuvres depuis des années et j'ai recueilli énormément d'informations sur les périodes qu'il a passées en Grèce au cours de sa vie..

— Depuis combien de temps êtes-vous à Patras ?.

— Six semaines.

Le serveur venu apporter leurs plats les interrompit. En découvrant ce qu'il déposa devant elle, Zoe eut instantanément l'eau à la bouche. Un instant plus tard, elle goûtait avec délice différents poissons accompagnés d'un riz crémeux à souhait..

— C'est divin ! commenta-t-elle. Mais je me sens un peu coupable de me régaler comme ça, alors que ce pauvre chauffeur de taxi est à l'hôpital. J'imagine que sa famille doit être terriblement inquiète pour lui..

— C'est tout à votre honneur de vous préoccuper ainsi de lui..

— Vous éprouveriez le même sentiment à ma place, j'en

suis sûre. Pensez-vous qu'il va être tenu pour responsable de l'accident ?.

— Je l'ignore. Si vous voulez, je pourrai me renseigner pour savoir dans quel hôpital il se trouve. Nous en apprendrons peut-être davantage sur l'accident à ce moment-là..

— Ce serait très aimable de votre part. Si c'est possible, j'aimerais pouvoir lui dire à quel point je suis désolée pour ce qui s'est passé. Depuis que je suis en Grèce, je ne me déplace que grâce aux taxis. Les chauffeurs ont toujours été extrêmement aimables, j'ai eu de la chance. Et ils parlent tous anglais, c'est incroyable. Moi, je serais bien incapable de communiquer en grec ! C'est une honte de ne connaître que quelques mots de votre langue, alors que j'ai déjà passé pas mal de temps ici..

— Tout le monde ne porte pas un regard aussi bienveillant que vous sur notre pays. Je suis impressionné, *kyria*. Je vais voir ce que je peux faire..

— Merci..

— Que diriez-vous d'un dessert ? demanda-t-il en voyant qu'elle reposait ses couverts..

— J'avoue être rassasiée. Mais que cela ne vous empêche pas d'en prendre un !.

— Non, ça ira. Je préfère vous ramener à Patras maintenant. Je me renseignerai en cours de route sur le chauffeur. Vous vous inquiétez pour lui, et je suis sûr qu'une fois que vous aurez eu de ses nouvelles, vous serez rassurée..

— Je suis désolée, je….

— Ne le soyez pas ! Il est tout à fait normal d'être perturbée après avoir vécu ce genre d'épreuve.

Il fit signe au serveur, et ils quittèrent bientôt le restaurant. Dans la limousine, Zoe se trouva de nouveau assise face à lui. Elle le vit passer plusieurs coups de fil en grec sur son portable. Si quelqu'un était en mesure de tirer les ficelles et d'obtenir des renseignements, c'était bien cet homme, songea-t-elle..

— J'ai de bonnes nouvelles pour vous, annonça-t-il en raccrochant après un ultime coup de fil. Votre chauffeur avait juste l'arcade sourcilière ouverte. On lui a fait quelques points de suture, et il est déjà sorti de l'hôpital..

— Oh ! merci, quel soulagement ! Moi qui étais sûre qu'il était grièvement blessé !

Il eut un petit rire..

— Le chauffeur du camion aussi s'en est sorti indemne, mais il a été verbalisé pour conduite imprudente..

— Je ne vous remercierai jamais assez d'avoir obtenu toutes ces informations ! Je dormirai plus sereinement cette nuit…

Pendant qu'ils discutaient, les kilomètres avaient défilé et Zoe s'aperçut que le chauffeur avait arrêté la limousine au pied de son immeuble. Décidément, cet homme avait bonne mémoire. Il avait retenu son adresse lorsqu'elle avait donné ses coordonnées à la police !.

— Qu'avez-vous prévu de faire, à présent ? demanda-t-il..

— Je vais travailler. Mettre à profit le temps que je ne passerai pas à Ithaque pour retranscrire certains enregistrements. Des extraits d'interviews que j'ai réalisées durant mon séjour ici. J'irai à Ithaque demain, mais je ne renouvellerai pas mon erreur. Je partirai nettement plus tôt pour prendre le ferry. L'expérience d'aujourd'hui m'aura servi de leçon..

— J'imagine que vous vous arrêtez de travailler pour prendre vos repas, non ? Accepteriez-vous de dîner avec moi ce soir ?

Zoe refusa de lever les yeux. Si elle le regardait, elle était sûre de perdre le contrôle, de se laisser happer par les profondeurs insondables de son magnifique regard noir..

— Vous avez déjà beaucoup fait pour moi en sacrifiant

votre conseil d'administration ! Je vous suis très reconnaissante, mais je refuse d'abuser davantage de votre temps.

Elle s'empara de son sac et s'apprêta à ouvrir la portière, mais il la retint.

— Dans ce cas, verriez-vous un inconvénient à ce que je vienne vous chercher demain matin pour vous conduire au ferry ?

Cette fois, la surprise l'obligea à lever les yeux vers lui..

— Pourquoi feriez-vous cela ?.

— Parce que je m'estime responsable. Je vous ai empêchée de sortir du taxi après l'accident. Je vous ai obligée à attendre les secours et, ensuite, il était trop tard pour attraper votre ferry. Dans ces circonstances, c'est le moins que je puisse faire !

Zoe secoua la tête..

— Je vous suis déjà redevable pour le merveilleux déjeuner que vous m'avez offert..

— Je vous promets que vous serez à l'heure demain !

Il semblait impossible de dissuader cet homme lorsqu'il avait une idée en tête. Et pourquoi refuserait-elle, s'il insistait ainsi ?

Ne te mens pas, Zoe, tu sais pertinemment que tu as très envie de le revoir, lui souffla sa petite voix intérieure.

Depuis qu'elle avait divorcé, Zoe ne faisait plus guère confiance aux hommes. Elle s'en méfiait. Surtout lorsqu'ils étaient aussi séduisants que celui-ci..

— Et votre travail ? demanda-t-elle. Vous y pensez ?.

— Je n'ai rien d'urgent en cours. Je vous retrouve ici, demain matin, à 7 h 30. C'est d'accord ?

Zoe songea que cet accident avait dû sérieusement l'affecter, car elle éprouvait l'envie irrésistiblc de dire oui à cet homme qui, pourtant, n'était qu'un étranger pour elle.

Elle crispa les doigts sur son sac. Une fois déjà, elle

avait commis l'erreur de se laisser charmer par un homme séduisant, et les conséquences avaient été désastreuses..

— Merci, vraiment. J'apprécie beaucoup votre proposition, c'est extrêmement gentil. Je vous suis très reconnaissante pour tout ce que vous avez déjà fait pour moi, mais je ne vous dérangerai pas davantage..

— Vous ne me dérangez pas. Disons que si vous n'êtes pas au rendez-vous demain, je saurai à quoi m'en tenir et vous n'entendrez plus parler de moi.

Sur ces mots, il sortit pour aller lui ouvrir la portière. Zoe descendit et, avec un dernier sourire, gagna rapidement l'entrée de son immeuble sans se retourner.

Elle aurait tellement aimé pouvoir dire à cet homme qu'elle rêvait qu'il l'accompagne ! Cependant, elle n'avait pas osé.

Andreas regarda la troublante jeune femme s'engouffrer à l'intérieur de l'immeuble dans une envolée de cheveux blonds, puis il demanda à son chauffeur de le conduire au bureau. Dans le calme de la voiture, il ferma les yeux. Il ne se souvenait pas avoir jamais vécu pareille rencontre.

Ce matin, lorsqu'il s'était penché à la portière du taxi, juste après l'accident, il avait été happé par le regard bleu azur que lui avait renvoyé la passagère. Un regard si intense, si lumineux, qu'il était aussitôt tombé sous le charme.

Elle était jeune, entre vingt et vingt-cinq ans, avait-il estimé au premier coup d'œil. Aussi avait-il été surpris, un peu plus tard, quand elle lui avait appris qu'elle enseignait à l'université. Cela signifiait qu'elle devait être plus âgée qu'il ne l'avait pensé. Sans savoir pourquoi, il s'était immédiatement senti attiré par elle. En outre, l'intérêt qu'elle portait à ce chauffeur de taxi l'avait touché. Sa présence en Grèce, ses recherches concernant Lord Byron l'avaient intrigué. Elle l'ignorait encore, mais ils allaient avoir beaucoup de choses à se dire et à partager, tous les deux. Et il se surprit soudain à réfléchir au moyen de passer davantage de temps avec elle…

Il ne s'expliquait pas ce qui lui arrivait. Sa vie affective était un tel chaos, et depuis si longtemps, qu'il lui paraissait insensé d'avoir soudain envie de conquérir une femme, de nouer une relation avec elle. Mais, après tout, pourquoi pas ?

Son instinct lui disait qu'elle, de son côté, n'aurait pas accepté de le suivre si elle n'avait pas été attirée par lui. Elle était montée dans la limousine et avait même consenti sans se faire prier à déjeuner avec lui ! En revanche, quelque chose l'avait empêchée de faire un pas de plus et elle avait décliné sa proposition de la conduire au ferry.

Durant le reste de la journée, il tourna et retourna la situation dans sa tête. C'était simple : s'il s'était trompé et si cctte femme ne ressentait rien pour lui, il n'y avait qu'un seul moyen de le savoir.

Le lendemain matin, il enfila une tenue décontractée et, à 7 h 15 précises, gara sa voiture devant l'entrée de l'immeuble où il avait laissé la belle Zoe la veille. Était-elle déjà partie ? Avait-elle carrément changé d'avis et choisi de faire autre chose ? C'était un risque qu'il courait. Si, à 7 h 30, elle ne s'était toujours pas présentée, il le lui avait promis, elle n'entendrait plus parler de lui. Toutefois, il préférait ne pas envisager ce cas de figure. Il avait une envie folle de la revoir.

À 7 h 25, un taxi apparut au bout de la rue et vint se garer derrière lui. Visiblement, Zoe avait décidé de refuser son offre et pris ses précautions. Très bien. Cependant, au lieu de s'en aller, Andreas descendit dc voiture et s'adossa à la portière pour l'attendre. Il voulait qu'elle sache qu'il avait tenu sa promesse.

Quelques minutes plus tard, elle apparaissait, fraîche et élégante, vêtue d'un pantalon blanc et d'un chemisier en voile aux motifs floraux bleu et blanc. Lorsqu'elle émergea dans la lumière matinale, le soleil joua un instant dans ses cheveux blonds, faisant chatoyer leurs reflets dorés.

Andreas la regarda avancer, fasciné. Lorsqu'elle l'aperçut, la surprise se peignit sur ses traits..

— Vous êtes là ? s'exclama-t-elle..

— Bonjour, *kyria*. Lorsque je vous ai dit que je viendrais vous chercher, j'étais sérieux. J'aimerais beaucoup vous conduire au ferry pour me faire pardonner de vous avoir retardée, hier. Mais la décision vous appartient.

Zoe écarta une mèche de cheveux de son visage..

— Mais, mon taxi est déjà là…

Elle n'en dit pas davantage : Andreas se dirigea vers la voiture et se pencha vers le chauffeur.

— Merci de vous être dérangé, dit-il en grec.

Il lui tendit quelques billets, qui correspondaient au triple de ce que lui aurait rapporté la course. L'homme le remercia avec un sourire ravi et repartit aussitôt.

Andreas revint vers sa voiture et invita Zoe à monter..

— À présent, je suis encore plus gênée, dit-elle. Ma dette envers vous augmente !

Pour Andreas, une seule chose importait : qu'elle ait envie d'être avec lui. Et c'était le cas. Sinon, elle l'aurait remercié de s'être dérangé et aurait pris le taxi qu'elle avait appelé..

— Ne parlons pas de dettes, déclara-t-il. Profitons de la balade jusqu'au ferry !

Quand Zoe se fut installée, il fit le tour de la voiture et se glissa au volant. Un instant plus tard, ils étaient sur la route..

— Je suis conscient que vous ne savez rien de moi, mais je vous assure qu'il n'est pas dans mes habitudes de séduire une femme qui vient d'avoir un accident.

La remarque fit sourire Zoe..

— Et, moi, il n'est pas dans mes habitudes de me laisser séduire par un inconnu en route pour un conseil d'administration !.

— Touché ! lança-t-il. Maintenant que nous avons mis les choses au point, j'aimerais que vous sachiez toute la vérité me concernant. Il y a deux jours, j'ai entamé une procédure de divorce et j'ai un fils âgé de seize mois, Ari. Il est toute ma vie.

Même s'il n'est pas mon fils biologique… .

— En ce moment, poursuivit-il, il est à Athènes avec sa mère. Elle est retournée chez ses parents..

— Je suis vraiment désolée pour vous, répondit Zoe. J'ai connu un divorce, moi aussi, et je sais combien cette épreuve est douloureuse. Et encore, je n'avais pas d'enfant ! Le vide doit être terrible…

Il lui jeta un bref coup d'œil. Elle avait été mariée ? Décidément, il allait de surprise en surprise avec elle….

— La vie se charge de semer des obstacles sur notre route, comme l'accident que vous avez eu hier. En ce moment, je m'efforce de trouver un sens à tout cela. Un sens à la vie. Croyez-le ou non, m'occuper de vous m'aide énormément..

— Je comprends mieux maintenant pourquoi il vous importait si peu de manquer ce conseil d'administration ! s'exclama-t-elle avec un sourire compatissant..

— C'est exact. J'essaie de tenir, de ne pas perdre pied. Aujourd'hui, par exemple, je ne me sentais aucun courage, ni celui de me rendre à mon travail, ni celui de rester chez moi, à la villa. Merci de m'aider à garder la tête sur les épaules, *kyria*. Votre compagnie est une bénédiction. C'est très exactement ce dont j'avais besoin..

— Je suis déjà passée par là, assura Zoe d'un ton bienveillant. Si vous cherchez une occupation, pourquoi ne pas venir passer la journée à Ithaque avec moi ? J'aurais bien besoin d'un interprète de votre qualité..

— De ma qualité ?.

— Oui. J'ai parlé de vous avec mon propriétaire. Il m'a dit que vous étiez quelqu'un de très important ici..

— Il ne faut pas le croire !

Zoe eut un petit rire..

— Je l'avais déjà compris lorsque le policier vous a reconnu et a immédiatement accédé à vos souhaits.

Andreas se sentit soudain l'esprit léger. Elle lui avait proposé de l'accompagner à Ithaque ! Cela lui mettait du baume au cœur.

Lorsqu'ils atteignirent le port, il s'engagea sur le quai et rejoignit la file des voitures qui attendaient d'embarquer sur le ferry. Le trajet aller-retour durerait quatre heures. Ce qui signifiait qu'ils ne seraient pas de retour sur le continent avant 20 heures au plus tôt.

Dès qu'ils purent quitter la voiture, ils se rendirent au restaurant pour prendre un café et grignoter quelque chose. Puis ils gagnèrent le pont.

— La vue est si belle qu'on a peine à croire qu'elle est réelle, murmura Zoe. Le vert des îles Ioniennes baignées par ces eaux bleues et cristallines, quelle merveille ! On a l'impression d'être hors du temps.

Jamais encore, Andreas n'avait rencontré une femme aussi enthousiaste et admirative de ce qui l'entourait. Comme il le lui avait dit, il aimait vraiment sa compagnie. Une compagnie précieuse, revigorante et exaltante..

— Je suis d'accord avec vous, acquiesça-t-il. Ce paysage est magnifique. Maintenant, dites-moi : pour quelle raison Ithaque est-elle aussi importante pour vos recherches ?.

— Lorsque Lord Byron a quitté Gênes, en juillet 1823, il a voyagé sur un bateau qui s'appelait *l'Hercule* en compagnie de deux hommes, Pietro Gamba et William Fletcher. Ils sont arrivés en Céphalonie en août et se sont rendus ensuite à Ithaque. Durant toute cette période, l'inspiration n'a pas quitté Byron. Il a énormément écrit. Je souhaite visiter les deux musées de Vathi et voir ce que je peux trouver comme renseignements le concernant.

Le temps filait très vite en compagnie de Zoe. Andreas ne vit pas passer la traversée. Bientôt, ils accostèrent et reprirent la voiture. Ils sillonnèrent l'île, visitèrent plusieurs sites archéologiques et des musées.

À un moment, Zoe s'arrêta devant une stèle de marbre dédiée à la mémoire de Lord Byron..

— Pouvez-vous me dire ce que signifient ces inscriptions, Andreas ?

C'était la première fois que Zoe prononçait son prénom. Il se fit un plaisir de lui traduire les paroles gravées sur la stèle..

— « Si cette île m'appartenait, j'y enfouirais tous mes livres et n'en repartirais plus jamais », traduisit-il..

— C'est une pensée émouvante et qui donne beaucoup à réfléchir. Byron était fasciné par l'histoire de ce lieu.

Zoe nota la phrase dans le carnet qu'elle avait déjà sorti de son sac plusieurs fois. Andreas trouvait leur collaboration excitante et très fructueuse. En consultant sa montre, il remarqua qu'il serait bientôt temps de terminer leur périple et de rejoindre le ferry.

De nouveau, ils s'attablèrent dans un restaurant et dînèrent en parlant d'Ulysse qui était né, disait-on, à Ithaque ou en Céphalonie. Zoe possédait d'immenses connaissances en littérature, au point qu'Andreas en était fasciné. C'était un bonheur de passer du temps avec une personne aussi cultivée.

Lorsqu'ils rejoignirent le centre de Patras, il ramena directement Zoe chez elle. Il se gara devant son immeuble et se tourna vers elle..

— Demain, je vais à Athènes voir mon fils. Le juge m'a accordé un droit de visite provisoire. Je passe deux jours avec lui, en général le week-end. Sa mère s'en occupe le reste de la semaine. Moi, je fais la navette. Ce n'est pas très égalitaire, mais cela me convient pour le moment, compte tenu de mon travail..

— Vous ne pouvez pas faire venir votre fils à Patras ?.

— Si, je pourrais, mais cela impliquerait beaucoup de trajets pour lui. Acceptez-vous que je vous appelle à mon retour ?.

— Ce serait avec plaisir, mais il faut que vous sachiez que je pars demain rejoindre des amies qui sont en vacances en Suisse.

La nouvelle fit un choc à Andreas. Il venait à peine de rencontrer cette femme fascinante et elle s'en allait déjà ?.

— Combien de temps serez-vous partie ?.

— Je ne saurais pas vous le dire exactement, parce que je l'ignore encore.

Zoe saisissait déjà la poignée, prête à descendre de voiture..

— Mais je ne vous remercierai jamais assez de m'avoir accompagnée à Ithaque. J'apprécie ce cadeau que vous m'avez fait de votre temps. Profitez bien de votre fils demain ! Faites bon voyage, Andreas !.

— Attendez… Échangeons nos numéros de téléphone, vous voulez bien ? De façon à pouvoir rester en contact..

— D'accord.

Ravi qu'elle ne se fasse pas prier, il lui tendit sa carte de visite et nota le numéro qu'elle lui dictait. Puis Zoe descendit de voiture. Malgré l'heure tardive, il faisait encore jour..

— Attention de ne pas avoir d'accident en rentrant chez vous ! lança-t-elle, taquine.

Puis elle disparut dans le hall de son immeuble.

Andreas ne démarra pas tout de suite. Il était profondément contrarié. Et s'il ne la revoyait plus ?

Il saisit son portable et l'appela. Elle était essoufflée lorsqu'elle décrocha..

— Andreas ? fit-elle, surprise..

— Oui, c'est moi. Je voulais être certain de pouvoir vous joindre. Me voilà rassuré !.

— Bon voyage pour demain !.

— Vous aussi.

Il raccrocha et prit le chemin de sa villa. À présent, il allait compter les heures qui le séparaient du moment où il pourrait enfin serrer son fils dans ses bras.

Toutefois, il existait désormais une autre personne à qui il allait penser durant ce week-end.

Depuis qu'il avait dit à Zoe qu'il était divorcé et qu'il avait un enfant, il avait l'impression qu'elle s'était détendue. Il l'avait sentie à l'aise avec lui, comme elle l'aurait été avec un ami.

Mais ce n'était pas d'une amitié dont il avait envie avec elle, il le savait déjà. Aujourd'hui, il était tombé totalement sous le charme, et la relation qu'il désirait entretenir avec elle était d'un tout autre ordre.

Quant à envisager de ne plus jamais la revoir, c'était impossible.

2

Les projets de vacances de Zoe avec ses amies tournèrent court, et elle regagna Patras au bout de quatre jours à peine. Lorsqu'elle retrouva son appartement, il était largement l'heure de se coucher. Les vacances en Suisse qu'elle avait attendues avec tant d'impatience s'étaient bel et bien envolées en fumée.

Abby était tombée amoureuse d'un négociant en vins de Bourgogne et elle était partie en France avec lui. Ginger, elle, avait voulu rester à Venise. Zoe la soupçonnait d'avoir rencontré quelqu'un elle aussi.

Quant à elle, elle avait été tout excitée à la perspective de revenir en Grèce. Durant le vol de retour, elle avait hésité : appellerait-elle Andreas pour le mettre au courant du changement intervenu dans ses projets ? Au moment de se mettre au lit, la raison l'avait emporté : elle était parvenue à se convaincre de ne pas lui donner signe de vie.

Elle se rendait compte à présent que cela avait été pure folie de lui demander de l'accompagner à Ithaque. Elle devait oublier cet homme. Tout ce qui lui restait à faire, c'était terminer ses recherches en Grèce et regagner la Californie.

La journée avait été longue. Elle était fatiguée et ne voulait plus réfléchir. Il était temps de dormir. Elle se glissa délicieusement entre ses draps et éteignit la lumière. À cet instant, son téléphone sonna. Était-ce Abby ou Ginger ? Avec un soupir contrarié, elle se redressa et attrapa son portable sur la table de nuit..

— Allô ! dit-elle..

— Zoe ! fit la voix d'Andreas dans l'appareil. Je suis de retour d'Athènes et je ne voulais pas aller me coucher sans vous avoir parlé. Comment se passent vos vacances avec vos amies ? Où êtes-vous en ce moment ?

Au son de cette voix chaude devenue presque familière, Zoe pressa une main sur sa poitrine. Déjà, son cœur s'emballait..

— Nous avons passé d'excellents moments toutes les trois, répondit-elle. Mais le programme a changé, et nos vacances sont malheureusement tombées à l'eau. Je suis donc de retour plus tôt que prévu..

— Vous êtes à Patras ? s'exclama-t-il d'un ton incrédule.

Sa voix trahissait le même enthousiasme, le même plaisir que celui qu'elle éprouvait à lui parler..

— Oui. Comment se porte votre fils ?.

— Bien. J'ai adoré les moments passés avec lui. Mais dites-moi quels sont vos projets, à présent ?.

— Je vais à Ioannina demain..

— Dans ce cas, j'ai une idée. Je viens vous chercher et je vous y emmène en voiture. Ainsi, nous aurons tout le loisir de bavarder..

— Non, je ne peux pas accepter ! s'exclama-t-elle d'un ton ferme. Je ne peux pas accaparer tout votre temps comme ça. Vous avez une entreprise à diriger !.

— Avant de dire non, écoutez-moi jusqu'au bout. Je vais prendre mon ordinateur portable et je travaillerai pendant que vous effectuerez vos recherches. Je connais plusieurs endroits charmants où nous pourrons passer la nuit. Si vous voulez, je téléphone pour réserver..

— Andreas..., soupira Zoe. Non... Ce n'est pas possible..

— Pourquoi ? Je pensais que vous aviez compris à quel point votre compagnie m'est précieuse. Je ne suis pas prêt à m'enfermer dans mon bureau, pas encore. Vous comprenez ce que je veux dire ?.

— Oui, je le crains… répondit-elle doucement. Bon, c'est d'accord. Je serai ravie de faire ce voyage avec vous, je l'avoue. Mais si vous changez d'avis ou s'il se passe quoi que ce soit, n'hésitez pas à me le dire. Je ne veux pas que vous vous préoccupiez de moi..

— Merci d'avoir dit oui ! s'exclama-t-il avec enthousiasme. Je vais pouvoir dormir le cœur léger, à présent. Rendez-vous demain matin à 8 h 30. Bonne nuit !

Zoe raccrocha, se rallongea et nicha sa tête au creux de l'oreiller. Malgré la fatigue, elle se demanda si elle allait réussir à trouver le sommeil tant la perspective de la journée à venir l'excitait.

Le lendemain, elle se réveilla de bonne heure et mit le plus grand soin à se préparer. Elle se doucha, se lava les cheveux et choisit une tenue toute neuve, une jupe et un petit haut qu'elle venait d'acheter.

Lorsqu'elle arriva au bas de l'immeuble, Andreas était là qui l'attendait, adossé à la voiture. Il portait un jean, et sa chemise claire mettait superbement en valeur son teint bronzé et ses cheveux noirs. Face à son charme fou, Zoe, subjuguée, songea une fois de plus qu'il ressemblait à un dieu grec.

Il la regarda arriver en souriant..

— Je suis vraiment heureux de vous revoir ! affirma-t-il..

— Moi aussi, je suis heureuse. Je n'étais pas certaine de revenir à Patras. Je vais vous expliquer ce qui s'est passé. Mais, d'abord, parlez-moi d'Ari !

Ils montèrent en voiture et quittèrent la ville en direction du nord-ouest. Quand ils parvinrent à Ioannina, une ville tout entière construite autour du lac Pamvotida, Zoe fut totalement emballée par la beauté des lieux. Cette cité prospère et aristocratique, située à deux heures de route de Patras, était à la croisée de trois cultures : chrétienne, islamique et judaïque. La variété des échoppes et de la nourriture témoignait de la diversité des traditions.

Elle passa une bonne partie de la journée à la bibliothèque afin d'y poursuivre ses recherches. Lorsqu'elle eut terminé, Andreas lui fit découvrir un café traditionnel où l'on servait d'excellentes pâtisseries et une liqueur sans alcool. Il lui expliqua qu'il s'agissait d'une préparation à base de vinaigre biologique, de nectar, de sirops de fruits et d'herbes aromatiques. La boisson était servie sur de la glace pilée..

— C'est vraiment délicieux, s'exclama Zoe. Je n'ai jamais rien bu de tel. C'est étrange, on dirait vraiment que c'est alcoolisé. Je me demande si Lord Byron en a bu à son époque. Je n'ai trouvé aucun document où il en est fait mention.

Andreas se mit à rire..

— Vous n'avez pas idée combien il est distrayant d'être en votre compagnie. Vous êtes si curieuse de tout ! Mais dites-moi, en quoi Ioannina est-elle significative pour vos recherches ?.

— C'est ici que Byron a commencé l'écriture du premier chant de son œuvre poétique *Childe Harold*..

— Je connais cette œuvre. J'en ai lu de nombreux passages. Son désir que l'homme soit et demeure à jamais libre est ce qui m'a le plus touché..

— Sa pensée est très profonde. Lorsque je lis ses écrits, j'ai parfois l'impression de toucher au divin. C'est ce point particulier, l'essence même de son œuvre, que Magda espère traduire et faire comprendre à travers son film..

— Comment ne réussirait-elle pas avec quelqu'un comme vous pour lui fournir l'inspiration ?

La remarque alla droit au cœur de Zoe..

— C'est très gentil à vous de m'écouter…, souffla-t-elle..

— C'est un plaisir, vous voulez dire ! Si nous poursuivions cette conversation en marchant le long du lac pour rejoindre notre hôtel ? Ensuite, nous irons dîner.

Il avait réservé dans une très jolie petite auberge donnant sur le lac, un établissement qui avait tout de suite plu à Zoe. Jamais encore, elle n'avait passé une journée comme celle-ci. Depuis sa rencontre peu conventionnelle avec Andreas, elle découvrait la Grèce à travers les yeux d'un de ses enfants, et c'était merveilleux.

Toutefois, elle ne pouvait s'empêcher d'être désolée de ce qui lui arrivait, de l'échec de son mariage. Il ne lui avait pas fourni d'explication, et elle ne lui en avait pas demandé. Andreas était un homme exceptionnel, et elle était heureuse d'avoir fait sa connaissance. Cela seul importait.

Mais, alors qu'elle s'en réjouissait, un souvenir se glissa soudain dans son esprit : celui de son mariage raté. N'avait-elle pas succombé trop vite au charme de Nate, si séduisant ? C'était un véritable coup de foudre qu'elle avait eu pour lui au départ.

Elle se ressaisit, chassa aussitôt cette pensée..

— Parlez-moi d'Ari, demanda-t-elle. J'imagine qu'il était heureux de vous voir ?

Un sourire attendri effleura les lèvres d'Andreas..

— Il était fou de joie. C'est un sacré numéro, vous savez ! Il n'est jamais fatigué de jouer. Il m'a épuisé..

— J'imagine à quel point il doit être difficile de le quitter..

— Oui, c'est très difficile..

— Aujourd'hui, cela fait déjà une journée de passée, fit-elle remarquer. Il ne vous en reste plus que deux avant de le retrouver.

Il eut un petit rire..

— Que diriez-vous d'acheter des *souvlakis* sur le chemin pour les déguster sur la terrasse de l'hôtel ? proposa Zoe. Je n'ai pas envie de me retrouver à l'intérieur tout de suite. La température est idéale, il serait dommage de ne pas en profiter.

Andreas la regarda..

— Vous avez le don de lire dans mes pensées, *kyria* Perkins.

Les petites brochettes achetées, ils gagnèrent l'hôtel et s'installèrent à une table en terrasse. Le soleil descendait doucement à l'horizon, teintant le ciel de couleurs à couper le souffle. Ils allaient assister à son coucher.

Un couple se trouvait déjà sur la terrasse, enlacé. On ne pouvait imaginer décor plus romantique pour des amoureux que le bord de ce lac, le soir, au soleil déclinant.

Zoe leur jeta un bref coup d'œil et sentit son cœur se serrer. Elle aurait tellement voulu être à leur place ! Ce devait être merveilleux de se trouver ici, dans les bras de l'homme que l'on aimait. Dans les bras d'un homme qui vous aimait également. Un homme comme Andreas…

Elle se ressaisit aussitôt, consciente d'avoir de nouveau commis une erreur, aujourd'hui, en acceptant qu'il l'accompagne. Évidemment, il n'était pas question de relation amoureuse avec lui. Ils venaient de se rencontrer dans des circonstances certes pour le moins inhabituelles, mais cela ne justifiait en rien qu'ils continuent à se voir. Il ne fallait pas qu'elle s'attache à lui, ce serait de la folie.

Andreas venait tout juste de se séparer de sa femme et il avait un fils qui comptait pour lui plus que tout au monde. On était déjà au mois de juin, et Zoe savait qu'elle regagnerait bientôt la Californie. Le vieil adage concernant les rencontres de passage qui ne sont pas appelées à durer n'avait jamais été aussi à propos.

Durant les mois qu'elle avait passés en Grèce, à poursuivre ses recherches, elle n'avait eu besoin de personne, et encore moins d'un homme. L'accident de taxi les avait amenés à faire connaissance, Andreas et elle, mais il serait ridicule d'envisager de poursuivre cette relation.

Elle devait reconnaître qu'Andreas avait pris beaucoup de place dans sa vie. Il était extrêmement agréable de passer des journées avec lui, de se laisser aller à la facilité de se faire conduire, distraire par lui. Mais elle devait réagir et mettre un terme à cette folie avant que l'avoir à son côté ne devienne un besoin. Fort heureusement, lui-même ne pourrait pas demeurer encore très longtemps loin de son bureau..

— Andreas ? Ce repas improvisé était délicieux. Mais je vais monter dans ma chambre à présent. Il faut que je transcrive mes notes tant qu'il me reste un peu d'énergie. J'espère que vous ne voyez pas d'inconvénient à ce que je vous laisse.

Zoe l'entendit prendre une profonde inspiration..

— Je vous accompagne jusqu'à votre chambre..

— Ce n'est pas la peine....

— J'y tiens !

Elle fut surprise par la fermeté de sa voix. Mais Andreas était un homme prévenant et attentif. Cela s'appliquait sans doute en toutes circonstances.

Ils se dirigèrent vers sa chambre, située dans l'aile est de l'hôtel. Zoe savait que celle d'Andreas se trouvait à l'opposé. Il attendit qu'elle ait ouvert sa porte.

Elle entra et se tourna vers lui..

— Demain, nous pourrons peut-être prendre un petit déjeuner ensemble sur le chemin du retour ?

Il haussa les sourcils..

— Quoi, vous avez terminé vos recherches ?.

— Oui..

— Quelle est votre prochaine destination, alors ?.

— Je l'ignore encore. Depuis mon arrivée en Grèce, je communique par mails avec des interlocuteurs dans les différents lieux potentiellement intéressants pour ma recherche. On me répond lorsqu'on considère qu'il existe des informations pertinentes pour moi. Je saurai demain où me rendre, lorsque de nouvelles réponses me seront parvenues. Bonne nuit, Andreas..

— Bonne nuit, murmura-t-il.

Il se détourna et Zoe ferma la porte. Elle avait trouvé très exactement ce qu'il fallait dire. Si elle avait fait mention du lieu où elle devait se rendre le lendemain, elle savait pertinemment qu'il lui aurait proposé de l'y emmener.

Elle savait quelle période difficile Andreas traversait. Elle connaissait parfaitement cette situation puisqu'elle-même avait dû divorcer à cause de l'infidélité de son mari. Elle était consciente que le temps qu'elle passait avec cet homme représentait une diversion pour lui, que cela l'aidait à affronter cet énorme bouleversement. Mais, de son côté, elle ne pouvait se permettre d'y donner suite. C'était trop risqué pour sa tranquillité d'esprit.

Ils atteignirent Patras en fin de matinée. Sur le chemin du retour, Andreas l'avait emmenée visiter le monastère de Varlaam, après avoir pris le petit déjeuner dans un lieu très pittoresque, la taverne Gardenia, située dans une petite rue du village..

— C'était un lieu superbe. Merci de me l'avoir fait découvrir, dit Zoe. Je suppose que vous avez déjà gravi les cent quatre-vingts marches qui conduisent au sommet ? ajouta-t-elle, taquine..

— Non. Je plaide coupable !.

— Je ne crois pas que j'aurais le courage de le faire.

Andreas sourit en regardant cette jeune femme si vive, époustouflante de beauté alors qu'elle attendait sur le trottoir qu'il lui tire sa valise du coffre. Il ne croyait pas un mot de ce qu'elle venait de dire. Du courage, elle en avait à revendre. Elle était venue en Grèce toute seule, s'était rendue dans les lieux les plus reculés pour mener à bien ses recherches, avait parlé à des étrangers, avait pris une multitude de risques. L'aventure ne lui faisait pas peur, c'était certain. Elle était taillée pour..

— Je vous appellerai, promit-il.

Une lueur brilla dans le regard bleu..

— De votre travail, j'espère. Je vous en ai tenu suffisamment éloigné !.

— Je n'aurais pu imaginer meilleur remède à ma morosité..

— J'en suis heureuse. Et puis, rendez-vous compte, dans quelques heures, vous n'aurez plus qu'une seule journée à attendre avant de pouvoir serrer de nouveau votre petit garçon dans vos bras.

Andreas sentit l'émotion le gagner. Elle était si sensible, si attentive ! Elle le comprenait mieux que personne..

— Mais, au fait, reprit-il, je ne vous ai jamais montré de photo d'Ari.

Il saisit son téléphone et fit défiler les photos dans la galerie..

— Regardez ! Je venais de lui acheter une paire de lunettes de soleil.

Zoe saisit le portable et un sourire attendri s'épanouit sur son visage..

— Qu'est-ce qu'il est mignon ! Je comprends qu'il soit difficile de vivre cette situation, de devoir rester régulièrement loin de lui..

— C'est comme ça ! Nous faisons ce que nous pouvons, dans la vie..

— C'est juste. Je ne vais pas vous souhaiter une merveilleuse journée, mais permettez-moi de l'espérer fructueuse. Je me sentirai moins coupable.

Andreas partit d'un grand éclat de rire. Quelle femme étonnante ! Il n'était jamais possible de prévoir ce qu'elle allait dire. Quoi qu'il en soit, elle avait raison. Il était temps qu'il reprenne le chemin de son bureau. Les vacances avaient assez duré..

— J'ai adoré le temps que nous avons passé ensemble..

— Moi aussi, répondit Zoe. Il faut que j'y aille, à présent.

Elle saisit la poignée de sa valise et se dirigea vers l'entrée de l'immeuble. Au moment de pénétrer dans le hall, elle se retourna et lui adressa un petit signe.

Andreas remonta en voiture et gagna son bureau. Il imaginait déjà son assistante, impatiente de lui faire part de la montagne de décisions à prendre et de lui remettre la pile de contrats à étudier, mais il s'en moquait. Plus rien ne l'effrayait. Sa rencontre avec Zoe Perkins et le temps passé avec elle l'avaient fait renaître à la vie et retrouver son tonus.

Il était tard déjà lorsqu'il leva pour la première fois le nez de ses dossiers. Il attrapa aussitôt son téléphone et appela Zoe. À sa grande satisfaction, elle répondit dès la deuxième sonnerie..

— Andreas ! lança-t-elle d'une voix enjouée. Je vois que vous avez survécu. Comment s'est passé votre retour au bureau ?.

— Parlons plutôt de vous ! Comment allez-vous ? Où êtes-vous ? Quand puis-je venir vous chercher ? Je meurs de faim..

— Moi aussi. En fait, j'étais sur le point de partir dîner en compagnie d'un groupe de professeurs, ici, à Prevesa.

Andreas fronça les sourcils, étonné..

— Mais c'est à trois heures de Patras. Comment se fait-il que vous ne m'ayez rien dit de votre départ ce matin ?.

— Je n'ai su que j'y allais qu'en consultant mes mails.

Il s'efforça de garder son calme..

— Et comment y êtes-vous allée ?.

— J'ai loué une voiture. Je savais que j'aurais pas mal à me déplacer. C'est une chance pour moi, ces gens m'ont appris beaucoup de choses à propos de Lord Byron. Une véritable mine d'or ! Je vais certainement rester trois ou quatre jours sur place.

Andreas sentit le souffle lui manquer..

— Ce qui signifie que je ne vous verrai pas avant mon retour d'Athènes….

— Je devrais revenir à peu près en même temps que vous, ou un tout petit peu plus tard. Merci de m'avoir appelée ! Amusez-vous bien avec Ari !

De cela, Andreas ne doutait pas. Il s'amusait toujours bien avec Ari. Mais ce que venait de lui apprendre Zoe lui avait porté un coup. Il se sentit soudain seul et vide..

— J'espère que ce voyage sera des plus utiles à vos recherches, dit-il. Allez, au revoir, on s'appelle bientôt…

Il raccrocha et quitta le bureau pour se rendre chez ses grands-parents. La nouvelle de son divorce les avait anéantis, mais ils comprenaient que la trahison de Lia, si douloureusement ressentie par leur petit-fils, ait pu mettre un terme à leur mariage. En outre, le grand-père d'Andreas avait été très contrarié par son absence du conseil d'administration le jour de l'accident de taxi.

Il se devait de les rassurer tous les deux et de leur prouver qu'il allait bien. Mais, en vérité, il n'avait surtout pas envie de rentrer chez lui et de se retrouver seul. Il ne supportait d'y revenir que le plus tard possible, pour s'écrouler dans son lit.

Ce fut donc avec un grand bonheur qu'il vit arriver le

moment de prendre l'avion pour Athènes et de retrouver son fils. Ari faisait la joie de son existence. Ils passèrent deux jours merveilleux ensemble. Seule la perspective que Zoe soit de retour à Patras rendit la séparation moins douloureuse.

À peine rentré dans sa villa, il lui téléphona. Ce serait la première fois qu'ils se parleraient depuis qu'il avait appris qu'elle était à Prevesa. Andreas n'était pas franchement réputé pour sa patience mais, dans le cas de Zoe, il ne voulait pas se montrer insistant ni donner l'impression qu'il la traquait, surtout pendant qu'elle travaillait.

Cette fois, elle ne répondit qu'à la quatrième sonnerie..

— Bonjour, *kyrie* Gavras.

Jamais elle ne l'avait appelé ainsi. Elle poursuivit :.

— Êtes-vous de retour à Patras ? Comment s'est passé votre séjour à Athènes ?.

— Je viens juste d'arriver chez moi. J'ai vécu deux jours merveilleux, comme d'habitude. Ari est tellement adorable ! Mais parlez-moi plutôt de vous. Où êtes-vous ?.

— Comme je vous le disais, c'est un véritable trésor que j'ai découvert ici.

Ici ? Andreas sentit sa gorge se serrer. Il déglutit difficilement..

— Si je comprends bien, vous êtes toujours à Prevesa ?.

— Pas exactement. Nous étions plusieurs professeurs de littérature, à Prevesa. L'un d'eux venait de Turquie et il m'a invitée à retourner à Antalya avec lui. Je pense y rester deux semaines, peut-être un peu moins. Ensuite, je regagnerai Patras. Ce professeur est un expert de Lord Byron et il a beaucoup à m'apporter, avec un angle de vue tout à fait original sur l'homme et son œuvre. Nous nous rendrons à Bodrum et à Ephèse, où il veut me faire rencontrer d'autres spécialistes de Byron. Il est emballé par l'idée de ce film que réalise Magda.

En l'écoutant, Andreas imaginait surtout ce qui emballait ce professeur : passer du temps en compagnie d'une jeune femme séduisante et enthousiaste…

Il ferma un instant les yeux..

— Je suis ravi que vous progressiez dans vos recherches..

— C'est tout simplement fantastique ! s'exclama Zoe.

Elle semblait au comble du bonheur..

— Eh bien, bonne chance, Zoe..

— Merci beaucoup. Je vous appelle dès que j'aurai réservé mon vol de retour..

— Je pourrai venir vous chercher à l'aéroport, si vous voulez..

— J'accepte volontiers, mais seulement si cela ne bouleverse pas votre emploi du temps..

— Ne vous en faites pas pour ça.

Zoe éclata de rire, et ce fut comme un baume pour Andreas. Ce son léger, cristallin, lui avait manqué. Elle lui avait manqué. Beaucoup plus qu'il n'aurait pu l'imaginer..

— À bientôt alors, conclut-il.

Le cœur de Zoe fit un bond dans sa poitrine lorsqu'elle aperçut Andreas qui l'attendait à la sortie des passagers. Il était très élégant, comme d'habitude, dans un costume de coupe parfaite, gris cette fois, sur une chemise d'un blanc immaculé. Elle le trouva irrésistible, si séduisant que ce fut un choc pour elle

Elle avait espéré prendre un peu de recul pendant son voyage, mais c'était tout le contraire qui s'était produit. Son expérience négative avec Nate ne semblait pas lui avoir servi de leçon. La sensation de manque n'avait fait que croître dans son cœur durant tout le temps où elle avait été loin d'Andreas et le revoir n'en était que plus déstabilisant.

Il l'enveloppa de son regard, comme lui seul en avait le secret, et Zoe se sentit fondre..

— Notre grande voyageuse est de retour ! Quel effet cela fait-il ?

L'impression que je vais mourir de bonheur, songea Zoe..

— Je suis ravie de revenir à Patras, dit-elle. Même si ce n'est pas pour longtemps.

Dis-le-lui maintenant ! lui souffla sa petite voix intérieure.

La lueur de joie s'éteignit dans le regard d'Andreas..

— Il y a du nouveau ? Vous avez prévu quelque chose ?.

— Compte tenu des informations nouvelles que j'ai collectées en Turquie, je dois retourner à Missolonghi demain. Je pense avoir du travail pour une semaine environ..

— Aurez-vous le temps de déjeuner avec moi avant de repartir ?.

— Oui. Ce sera avec plaisir.

Andreas la débarrassa de sa valise..

— Ma voiture est au parking. Allons-y !

Lorsqu'ils furent installés à bord, il se tourna vers elle..

— Souhaitez-vous passer à votre appartement, d'abord ?.

— Non, je ne veux surtout pas vous prendre trop de votre temps. Trouvons quelque chose en route. Je me fie à vous..

— Qu'est-ce qui vous ferait plaisir ?.

— Je vous laisse choisir. En Grèce, on ne peut que se régaler où qu'on aille..

— Contrairement à la Turquie ?.

— Non, pas du tout ! La nourriture est délicieuse en Turquie. Mais vous voyez ce que je veux dire. Je suis en Grèce depuis janvier et j'ai adoré tout ce que j'ai goûté !.

— C'est un beau compliment que vous faites à mon pays.

Andreas l'emmena dans un restaurant typique dont la spécialité était la moussaka, avec la sauce béchamel telle qu'il l'aimait. On pouvait déjeuner dans le patio et déguster le vin de la maison, qui était délicieux.

Le serveur vint prendre leur commande. Lorsqu'il se fut éloigné, Zoe sourit à Andreas..

— Comment va le petit Ari ? Vous avez de nouvelles photos à me montrer ?.

— Il se trouve que oui.

Il sortit son téléphone, et ils rirent en regardant les clichés du petit garçon espiègle. Leurs plats arrivèrent bientôt. Ils avaient faim tous les deux et mangèrent de bon appétit. Andreas changea alors de sujet..

— Me laisserez-vous vous emmener à Missolonghi ? Nous pourrions nous mettre en route dans l'après-midi et profiter d'une soirée ensemble là-bas..

— C'est très gentil à vous mais, cet après-midi, j'ai rendez-vous à l'université de Patras avec un professeur qui vient tout juste de rentrer de vacances et qui détient des renseignements cruciaux pour moi..

— Comment comptiez-vous vous y rendre ?.

— En taxi.

Il la fixa, les sourcils froncés..

— Vous n'oseriez pas ?

La question fit rire Zoe..

— Si vous tenez vraiment à m'y emmener, je ne vais pas dire non. Mais il faut que vous sachiez que j'en ai pour deux bonnes heures à l'université..

— J'en profiterai pour faire des courses et je reviendrai vous chercher quand vous aurez fini. Si vous souhaitez repasser par votre appartement, je vous y conduirai. Ensuite nous pourrons prendre la route pour Missolonghi.

Zoe se rendit compte qu'elle était incapable de lui dire non. Andreas était déterminé à passer du temps avec elle et, de son côté, elle avait tellement attendu le moment de leurs retrouvailles qu'elle en était toute bouleversée.

Ils commandèrent un dessert qu'ils dégustèrent en discutant. Puis il la déposa à l'université. Zoe était curieuse de savoir pour quelle raison le doyen du département de littérature l'avait convoquée. Il lui semblait impossible qu'il détienne des informations nouvelles concernant ses recherches.

Elle n'était pas au bout de ses surprises. En fait, le doyen, qui s'était entretenu avec les autres enseignants du département de lettres classiques, lui proposait une chaire provisoire pour enseigner dans le département théâtre, durant un semestre, dès la rentrée ! Byron avait écrit une série de pièces de théâtre autour desquelles elle avait construit un programme de cours et de conférences qui serait parfaitement adapté à l'université de Patras.

Lors d'une rencontre précédente, elle avait mentionné le travail qu'elle réalisait pour un film de Magda Collier, ce qui les avait emballés et avait certainement motivé cette offre. Toutefois, aussi passionnante et tentante soit-elle, elle la refusa.

Les souvenirs, de nouveau, vinrent s'immiscer dans le présent. Sa rencontre avec Nate, leur histoire d'amour commencée trop vite et qui s'était terminée par un drame. Elle n'oublierait jamais cet échec cuisant.

Si elle acceptait le poste qu'on lui offrait, cela l'obligerait à demeurer en Grèce et la tentation de continuer à voir Andreas serait alors beaucoup trop forte. Elle devait garder en tête l'objectif qu'elle s'était fixé. Bientôt, elle quitterait la Grèce sans aucune intention d'y revenir.

Zoe remercia le doyen. Elle était extrêmement honorée par la proposition qu'il lui faisait, mais elle était désolée de ne pouvoir l'accepter. Puis elle sortit du bâtiment et attendit l'arrivée d'Andreas en se délectant de la vue sublime sur la mer.

Ils gagnèrent ensemble l'appartement de Zoe, où elle monta un moment récupérer quelques vêtements pour le voyage, puis ils prirent la direction de Missolonghi. La ville était située sur la rive nord du golfe de Patras.

Zoe y était déjà venue au début de son séjour en Grèce. C'était le lieu même où les rebelles grecs avaient combattu les troupes de l'Empire ottoman pendant la guerre d'indépendance grecque. C'était également là que Lord Byron était venu se joindre à eux et leur apporter son aide dans leur combat pour la liberté..

— Rappelez-moi ce qui s'est passé à la toute fin de sa vie, demanda Andreas..

— D'après ce que je sais, Lord Byron chevauchait ce jour-là le long de la mer. Il est passé par la Chapelle de la Vierge et a poursuivi son chemin sur plusieurs kilomètres, jusqu'à Aetolicon. En ce jour fatal, il a été pris dans un orage et est rentré littéralement transi à l'auberge où il séjournait. La fièvre l'a pris le soir même, et son état n'a cessé d'empirer ensuite. Il est mort à trente-six ans.

Andreas hocha la tête en considérant la jeune femme..

— Et que pensez-vous apprendre de plus sur cette journée en vous rendant sur place ?.

— Je suis curieuse de comparer certains faits avec les informations que j'ai obtenues en Turquie.

Il sourit..

— Arrive-t-il parfois à votre cerveau de se déconnecter ?.

— Heureusement que non ! répondit Zoe en riant.

Elle avait réservé une chambre d'hôtel depuis Patras. Andreas l'y accompagna pour qu'elle y dépose ses bagages. Puis il l'emmena visiter le Jardin des héros, dans lequel était érigée une superbe statue de Lord Byron. Selon ses dernières volontés, son cœur se trouvait enscveli sous cette statue, alors que son corps, lui, avait été ramené en Angleterre.

Tandis qu'elle se promenait au côté d'Andreas, Zoe prit conscience des risques qu'elle était en train de prendre. Elle était sur le point de mettre son cœur en péril. Mais tout était allé si vite ! Comment pouvait-elle éprouver une telle attirance pour un homme après avoir vécu une dernière expérience aussi douloureuse ? Elle en était au point de ne plus avoir confiance en son propre jugement et se sentait tellement vulnérable que cela l'effrayait.

C'est parce que tu sais que ce que tu éprouves pour Andreas est plus fort que ce que tu as jamais éprouvé pour quiconque, lui souffla sa petite voix intérieure.

Le soir venu, ils se régalèrent d'anguille grillée dans une gargote typique. Décidément, Andreas était un grand amateur de poisson. Quoi qu'il en soit, ce serait leur dernier dîner ensemble.

Zoe jeta un coup d'œil à sa montre..

— Il se fait tard, Andreas. Vous ne croyez pas qu'il serait plus raisonnable de rentrer à Patras ? Vous devez prendre l'avion pour Athènes, demain matin..

— Il n'y a qu'une heure de route, vous savez. Mais pourquoi ai-je soudain le sentiment que vous cherchez à vous débarrasser de moi ? Je me trompe ?

Zoe pinça les lèvres..

— Comment pouvez-vous dire une chose pareille ? Je croyais que nous étions amis..

— Je suis désolé, je ne voulais pas vous froisser..

— C'est moi qui suis désolée. J'imagine que je m'inquiète en vous voyant tenu d'assumer toutes ces responsabilités. Et vous avez tellement fait pour moi depuis l'accident !.

— Il est évident que vous n'avez pas l'habitude de laisser les gens vous aider.

Zoe ne pouvait dire le contraire..

— Vous avez raison. Il faut que j'apprenne à faire

confiance. Merci pour cette belle journée et le dîner de ce soir..

— Je vous en prie, ce fut un plaisir. Si vous êtes prête, je vous raccompagne à votre hôtel, et il me restera à vous souhaiter une bonne semaine.

Zoe songea alors qu'elle allait passer sept jours loin de lui. Comment allait-elle le supporter ?

Il l'escorta jusque dans le hall de l'hôtel..

— Si vous êtes d'accord, je pourrai venir vous chercher lorsque vous aurez terminé votre travail, dit-il. Je vous appellerai..

— Oui..

— Bonne chance pour vos recherches !

Ils étaient tous deux assez mal à l'aise, ne sachant trop comment se quitter. Zoe vit tout à coup le visage d'Andreas se crisper, puis il tourna les talons et quitta l'hôtel.

Zoe se précipita dans sa chambre et éclata en sanglots. Il fallait absolument mettre un terme à cette situation.

Durant le reste de la semaine, elle consacra tout son temps à ses recherches. Le dernier jour, elle fit ses bagages et loua une voiture pour regagner Patras. De là, elle effectua une réservation sur un vol de nuit à destination de Venise. Puis elle acheva ses préparatifs de départ.

Elle ne pouvait demeurer plus longtemps en Grèce. Depuis qu'Andreas avait entamé la procédure de divorce, elle était la première femme qu'il fréquentait. Il était impossible d'exclure l'éventualité que Lia et lui se réconcilient s'ils se donnaient un peu de temps. À la condition, bien sûr, que personne ne vienne s'interposer dans leur relation. Andreas le lui avait dit, Lia souhaitait le voir revenir. Zoe comprenait qu'elle ait envie de garder un homme tel que lui et elle ne pouvait s'empêcher de redouter qu'Andreas ne reste pas insensible à son insistance. Une chose était certaine, en tout cas : s'il souhaitait donner une deuxième chance à son mariage, elle savait qu'elle-même ne s'en remettrait pas.

Et même si cela ne se produisait pas il y aurait d'autres femmes dans la vie d'Andreas, le jour où il serait bel et bien libre. Nate n'avait-il pas trouvé une nouvelle compagne avant même que le divorce ne soit prononcé ? Le même scénario se produirait avec Andreas, c'était couru d'avance. Zoe ne s'estimait pas de taille à retenir longtemps un homme comme lui, elle qui n'avait pas su garder Nate.

Où qu'ils aillent, d'ailleurs, les femmes se retournaient sur leur passage. Andreas était si séduisant et possédait un tel charisme qu'on ne pouvait y demeurer insensible. Elle-même se sentait chavirer chaque fois qu'au sortir de son immeuble elle le découvrait, adossé à sa voiture, en train de l'attendre.

Voilà où elle en était. Elle se retrouvait, à vingt-six ans, sur le point de perdre la tête, grisée par le charme, l'incroyable magnétisme d'Andreas Gavras. Elle avait appris qu'il se trouvait à la tête d'un empire immobilier, qu'il était un homme d'affaires fabuleusement riche et qu'il appartenait à la puissante famille Gavras. Un nom qui pesait lourd dans l'avenir économique de la Grèce.

Elle avait beau être follement attirée par lui, elle était consciente qu'il n'y avait pas d'issue. Elle devait s'en aller pendant qu'il était encore temps. Comment aurait-elle pu demeurer plus longtemps son amie et seulement cela, alors que la femme qu'elle était le désirait si ardemment ? Car c'était cela, la réalité : elle désirait cet homme de tout son être. Et le jour où il s'intéresserait à une autre femme, que se passerait-il pour elle ?

Elle régla sa note d'hôtel, se rendit à l'aéroport et s'installa en salle d'embarquement en attendant qu'on appelle son vol. Ce fut alors que son téléphone sonna. Elle jeta un coup d'œil à l'écran et ne put retenir un petit gémissement en découvrant le nom d'Andreas. Le cœur battant, elle prit la communication..

— Andreas, comment allez-vous ?.

— Bien, mais je suis impatient de vous voir. C'est si bon d'entendre votre voix ! J'ai préféré vous appeler dès ce soir pour savoir à quelle heure vous serez prête demain matin.

Zoe sentit ses mains se mettre à trembler..

— Je suis heureuse que vous m'appeliez, je… J'ai quelque chose d'important à vous dire.

Un silence pesant tomba..

— Vous devez rester plus longtemps à Missolonghi, c'est ça ?.

— Non. Je viens d'avoir des nouvelles de mes amies. Elles sont toutes les deux à Venise et m'ont demandé de venir les rejoindre. Mon amie Ginger se marie avec un Vénitien le 5 juillet. C'est dans moins d'une semaine. Nous avons toutes les trois envie de passer du temps ensemble avant le mariage. Je suis donc en route..

— Que voulez-vous dire, vous êtes en route ?

La voix d'Andreas s'était tendue..

— Je suis à l'aéroport, répondit Zoe, les doigts crispés sur son téléphone. D'ailleurs, on vient d'annoncer l'embarquement. Il faut que j'y aille..

— Mais quand serez-vous de retour ?

Zoe sentit sa gorge se nouer..

— Je rentrerai directement de Venise en Californie. Il y a longtemps que je suis absente de chez moi, et j'ai beaucoup à faire avant de recommencer à enseigner..

— Vous ne pouvez pas partir déjà ! plaida Andreas. Il y a des choses que vous ignorez. Des choses que j'ai absolument besoin de vous dire..

— Andreas… Je suis désolée. Je dois embarquer. Mais

laissez-moi vous dire une dernière chose : vous êtes un homme merveilleux et vous ne pouvez pas savoir à quel point vous rencontrer a compté pour moi. Je vous serai à jamais reconnaissante pour tout ce que vous avez fait pour m'aider. Je suis certaine que la vie vous sourira très vite et que vous trouverez de nouveau le bonheur. Prenez soin de vous.

3

Zoe se trouvait auprès d'Abby et de son mari, Raoul Decorvet, devant le fabuleux *palazzo della Scala,* à Venise. Avec les invités rassemblés autour d'eux, ils regardèrent Vittorio embrasser Ginger, radieuse, puis l'aider à monter à bord de la gondole, toute parée de fleurs, qui les attendait.

Ils partaient en voyage de noces et étaient en route vers un avenir plein de félicité. Zoe n'aurait pu être plus heureuse pour son amie et aussi pour Abby, qui, de son côté, avait déjà épousé l'homme dont elle était tombée follement amoureuse, et les nouveaux mariés s'étaient, depuis, installés en Bourgogne.

Abby et Raoul avaient d'ailleurs invité Zoe à séjourner chez eux en attendant son vol pour la Californie. Et elle avait accepté. Ce soir-là toutefois, lorsqu'elle regagna sa chambre du *palazzo*, elle appela son amie..

— Abby, il y a quelque chose d'important que je veux te dire. Mais si tu n'es pas disponible….

— Raoul est resté en bas, dans le salon, avec la famille de Vittorio. Ils discutent de l'action en justice qui a été intentée contre lui. Que se passe-t-il ?

Zoe fondit alors en larmes et lui parla d'Andreas..

— Tu penses que je suis folle de vouloir retourner en Grèce alors qu'il n'y a rien à espérer ?.

— C'est à moi que tu poses une question pareille ? Moi qui ai suivi en France un quasi étranger dont je ne savais même pas s'il était capable de citer le titre d'un seul poème de Byron ?

Zoe se mit à rire à travers ses larmes..

— Mais Raoul n'était pas en train de vivre une séparation difficile. Je ne connais pas les détails du mariage d'Andreas et je n'ai pas envie de les connaître, mais j'ai vu la douleur dans ses yeux. Parfois, on le sent à des milliers de kilomètres. Quoi qu'il ait en tête, il ne m'en a pas parlé. C'est une situation que je ne peux pas vivre..

— Écoute : au moins, il t'a dit qu'il était séparé de sa femme et qu'il avait un enfant. Il est prudent, c'est tout. Sur la défensive, certainement, ce qui est compréhensible, compte tenu de sa situation personnelle. Dommage que tu sois partie avant qu'il ait pu s'expliquer. Ce qu'il avait à te dire était peut-être important.

D'un revers de main, Zoe essuya les larmes sur ses joues..

— Je ne sais pas, mais ça n'a pas vraiment d'importance, en fait, parce que j'ai peur de ce que je pourrais découvrir. En tout cas, il ne me semble pas du tout prêt à s'engager sur le long terme et, moi, c'est le seul type de relation qui m'intéresse. Et le seul dont je ne ferai probablement jamais l'expérience. J'ai déjà connu un divorce et je n'ai pas envie qu'il m'utilise et me fasse souffrir simplement parce qu'il a besoin de réconfort en ce moment..

— Je n'ai pas du tout l'impression qu'il se sert de toi, Zoe. Ce serait plutôt le contraire, tu ne crois pas, vu toute l'attention dont il t'entoure et l'aide qu'il t'apporte ?.

— J'admets qu'il a été formidable..

— Tu as l'honnêteté de le reconnaître, au moins, murmura Abby. Écoute… Je comprends ta réticence et les craintes que tu peux avoir, mais ce que je constate surtout, c'est que tu souffres de l'avoir quitté. Je n'aurais jamais imaginé que tu puisses te mettre un jour dans un état pareil. Tu sais, suivre Raoul sur un coup de tête, après ce que Nigel m'avait fait, c'était de la folie… Sauf que je sentais qu'il se passait quelque chose en moi et que je voulais voir où cela me mènerait. Et regarde ce qui est arrivé !.

— Ton histoire est un véritable conte de fées..

— Celle de Ginger aussi. Elle adorait son mari et, lorsqu'il est mort, elle était certaine de ne jamais pouvoir retrouver le bonheur. Puis elle a rencontré Vittorio et il a conquis son cœur. Aujourd'hui, elle est l'épouse d'un homme important, un fantastique vénitien. C'est peut-être ton tour, à présent, qui sait ?

Mon tour d'avoir encore plus des regrets… .

— Tu sais à quel point, très égoïstement, j'aimerais que tu viennes passer la fin de l'été au château, avec moi. Mais, si j'ai un conseil à te donner, retourne en Grèce et écoute ce que cet homme a à te dire !.

— Abby, c'est toi qui me dis ça ? s'exclama Zoe, qui n'en revenait pas. Tu te souviens de la conversation que nous avons eue toutes les trois à Genève, au début des vacances ? Quand tu nous as parlé de cet agent immobilier français que tu avais rencontré, Ginger et moi nous étions vraiment inquiètes pour toi. L'histoire semblait trop belle pour être vraie..

— Pourtant, elle était vraie, Zoe, même s'il s'est avéré qu'il n'était pas agent immobilier, en fin de compte..

— Je sais, murmura Zoe..

— Qu'as-tu à craindre d'aller le voir une dernière fois et d'écouter ce qu'il a à te dire ? Tu as été un peu brutale avec lui, au téléphone. Il ne savait même pas que tu avais prévu de partir. Ce n'est pas comme s'il avait fait quelque chose d'impardonnable, si ?.

— Bien sûr que non. Jamais….

— Il ne t'a même pas embrassée, je parie ? coupa Abby.

Zoe sentit ses joues s'empourprer..

— Je te l'ai dit. Il ne s'agissait pas de ce genre de relation entre nous. Je ne sais pas comment on pourrait qualifier ça….

— Alors retourne à Patras pour voir de quoi il retourne exactement. Si je me suis trompée et si le revoir te rend encore plus malheureuse, alors viens me rejoindre en Bourgogne. Mon invitation tient toujours. En tout cas, si jamais tu te décides, Raoul et moi nous pouvons te poser à l'aéroport demain matin, en partant.

Zoe crispa les doigts sur son téléphone..

— J'ai bien peur d'avoir déjà décidé ! soupira-t-elle. Merci, Abby. Tu es la meilleure amie du monde.

Dès qu'elle eut raccroché, Zoe réserva une place sur le vol du lendemain pour Patras. Grâce à Abby, elle en avait trouvé le courage. Il fallait qu'elle voie Andreas une dernière fois et qu'elle lui dise la vérité. Le moment était venu d'avouer qu'elle éprouvait des sentiments pour lui, mais qu'elle ne pouvait y donner suite parce qu'il n'était pas libre.

Andreas fixait tristement le ciel par le hublot de son jet privé. Il venait de passer quelques jours à Athènes pour ses affaires. Après sa conversation téléphonique avec Zoe une semaine plus tôt et l'au revoir définitif qu'elle lui avait signifié, il avait cru devenir fou. Ari demeurait la seule constante dans sa vie, son seul réconfort, mais il ne le voyait pas assez souvent. Et songer que Zoe était sur le point de regagner la Californie l'anéantissait.

Quand il ne se trouvait pas avec Ari à Athènes, Andreas n'avait qu'une envie : passer chaque minute qu'il avait de libre avec Zoe. Jusqu'à leur dernière conversation, il avait cru que c'était ce qu'elle désirait aussi. L'entendre lui dire au revoir avait été un coup terrible. Il avait senti le monde basculer tout à coup. Il lui avait demandé de l'écouter, mais elle avait raccroché, ne lui laissant pas le loisir de lui dire ce qu'il désirait lui dire.

Il voulait lui proposer de l'accompagner à Athènes la prochaine fois qu'il irait voir son fils. Il avait envie qu'elle fasse sa connaissance. Depuis qu'il avait rencontré la jeune femme, il sentait qu'un bouleversement s'était opéré en lui, un véritable tremblement de terre. Et elle en était la cause.

Quelle que soit la raison pour laquelle elle était partie ou ce qui avait pu l'effrayer, il se fit le serment que les choses n'en resteraient pas là. Ça ne pouvait pas être fini entre eux. Il la retrouverait, même s'il devait aller la chercher jusqu'en Californie.

Toutes ces pensées agitaient encore son esprit lorsque le jet atterrit. Il gagna sa limousine et demanda au chauffeur de le conduire au siège de la société immobilière Gavras, en centre-ville. Lukas, son assistant, avait besoin de sa signature pour de nouveaux contrats de construction. Il allait devoir les étudier, et cela prendrait du temps.

Lorsqu'il entra dans l'enceinte très privée de la direction, Lukas était là..

— Heureux de vous voir, patron ! Avant de nous mettre au travail, il faut que je vous prévienne que quelqu'un a appelé pour vous. Une femme. Elle veut vous parler. Son numéro est sur votre bureau..

— L'appel vient du bureau de Yorgos Zika ?

Andreas supposait qu'il avait un rapport avec Lia. Celle-ci devait lui réclamer de l'argent pour finaliser l'achat de la villa qu'elle avait choisi d'habiter à Athènes. Il allait le lui donner sans discuter. Plus vite elle serait installée, plus vite il pourrait renégocier les termes de leur accord concernant Ari..

— Non, répondit Lukas, c'est une Américaine. Elle souhaite pouvoir vous joindre dès que possible.

Andreas sentit les battements de son cœur s'accélérer dans sa poitrine. Zoe ? Pourquoi appelait-elle au bureau plutôt que sur son portable ? Était-elle encore en Italie ? Il ne savait que penser..

— Que lui avez-vous dit ?.

— Que vous seriez de retour d'Athènes dans la journée..

— Merci, Lukas. Je vais l'appeler. Ensuite, nous étudierons les contrats.

Lukas acquiesça et sortit en refermant la porte derrière lui.

Andreas s'assit à son bureau et appela Zoe sur son portable. Lorsqu'elle décrocha, il la sentit aussi tendue que lui..

— Zoe ?.

— Andreas… J'avais peur que vous ne me rappeliez pas. En fait, même là, j'ai encore peine à croire que vous soyez au bout du fil, ajouta-t-elle d'une voix tremblante.

Andreas se sentit revivre tout à coup..

— Pourquoi ne m'avez-vous pas contacté sur mon portable ?.

— J'avais peur que vous ne répondiez pas en voyant que c'était moi. Je me disais que, si j'appelais votre bureau, vous risquiez au moins de décrocher.

Andreas secoua la tête..

— Où êtes-vous ?.

— Chez moi, à Patras..

— À Patras ?

Cette fois, c'était son pouls qu'il sentait s'emballer..

— Je vous croyais en Italie, ou même déjà de retour en Californie..

— J'ai assisté au mariage de mon amie Ginger hier et ce matin, j'ai pris l'avion pour Patras, parce que… parce que je vous dois des excuses.

Andreas n'en croyait pas ses oreilles. Il devait rêver, ce n'était pas possible !.

— Que voulez-vous dire ?.

— Je vous dois des excuses pour la façon dont j'ai quitté la Grèce. Si brusquement… Je crains de vous avoir offensé. Depuis que nous nous sommes rencontrés, vous avez été d'une extrême amabilité avec moi. Quand je repense au temps que nous avons réussi à passer ensemble, en dépit de nos emplois du temps très chargés, je ne peux que vous remercier. Vous n'avez su que faire pour m'être agréable, vous m'avez emmenée partout en voiture, vous m'avez invitée au restaurant, bref, vous avez pris soin de moi..

— Ce fut un plaisir pour moi, vous le savez..

— Voilà pourquoi c'était très impoli de ma part de vous annoncer si brutalement que je partais et, surtout, de refuser d'écouter ce que vous aviez à me dire. En tout cas, je suis persuadée qu'il n'existe aucun chercheur qui, venu en Grèce comme moi pour ses travaux, ait eu la chance d'avoir un guide, un traducteur et un ami comme vous !

Ces paroles touchèrent profondément Andreas. Il avala sa salive pour chasser l'émotion qui lui nouait la gorge..

— Nous nous sommes rencontrés dans une période très noire pour moi, et ces dernières semaines passées avec vous m'ont fait un bien fou. Elles ont été une bénédiction.

Il était persuadé que Zoe n'imaginait même pas à quel point..

— Pour moi aussi, elles ont été une bénédiction, affirma Zoe. Magda Collier est ravie de mon travail, elle a beaucoup apprécié les notes que j'ai envoyées à l'équipe du film. Et vous y êtes pour beaucoup !.

— J'en suis vraiment très heureux pour vous..

— J'aimerais vous remercier et vous inviter à dîner ce

soir, si vous êtes libre. Pour vous mettre à l'aise, sachez que j'ai été très bien rémunérée pour mes recherches.

Andreas ferma un instant les yeux.

L'invitation tombait mal. Il avait déjà pris un engagement. Il devait dîner chez ses grands-parents et faire le point avec son grand-père sur les projets de la société immobilière. Cependant, Zoe passerait avant tout. Andreas ferait donc un saut chez eux après le travail et il irait ensuite se changer à son appartement pour le dîner..

— Je suis très honoré, dit-il. J'accepte bien volontiers..

— Je pensais réserver au Naut-oiko. Le doyen de l'université de Patras m'a dit que c'était le meilleur restaurant de poisson de la région.

Andreas songea qu'il avait encore beaucoup de choses à découvrir concernant Zoe. Cette femme n'avait pas fini de l'étonner..

— Il a raison, et d'ailleurs ce restaurant possède un atout supplémentaire : il se trouve en bord de mer. Nous pourrons nous promener sur la plage après le dîner, si cela vous dit. À quelle heure souhaitez-vous que je vienne vous chercher ?

Andreas jeta un bref coup d'œil à sa montre. Il était 16 h 15..

— 19 heures, ça vous irait ? proposa Zoe.

19 heures ! Il était si impatient de la retrouver qu'il lui semblait qu'une éternité le séparait encore de ce moment..

— Je vous attendrai devant votre immeuble..

— À tout à l'heure, alors.

Quand il raccrocha, Andreas était littéralement métamorphosé. Il n'avait plus le temps ni vraiment la tête à lire des contrats. Il se sentait sur un nuage et il quitta son bureau en annonçant à Lukas qu'il reviendrait à la première heure le lendemain matin.

Zoe changea trois fois de tenue avant de se décider pour une robe légère à l'imprimé fleuri et au joli décolleté bateau qui dénudait discrètement ses épaules. S'ils devaient se promener au bord de l'eau, ce serait parfait. Il faisait chaud, ce soir. Elle n'avait jamais porté cette tenue en compagnie d'Andreas, et cela tombait bien. Elle avait remarqué que, quel que soit l'endroit où elle allait avec lui on le reconnaissait, et elle se devait donc d'être à son avantage.

Zoe ne savait pas du tout à quoi s'attendre lorsqu'il l'avait appelée. À l'instant où elle avait entendu sa voix chaude et grave, elle s'était mise à parler très vite, ne lui laissant pas le temps de respirer. Et elle avait failli s'évanouir de bonheur lorsqu'il avait répondu qu'il serait très honoré de dîner avec elle.

Tandis qu'elle se lavait les cheveux et les séchait, elle songea à la conversation qu'elle avait eue avec Abby. Que se serait-il passé si elle n'était pas revenue à Patras pour le voir ? Heureusement, elle avait suivi le conseil de son amie et elle avait ainsi trouvé le courage de dire à Andreas à quel point son amitié comptait pour elle, combien elle lui était précieuse. Elle avait su lui avouer, également, qu'elle regrettait son attitude, qu'elle se jugeait puérile et irrespectueuse de ne pas avoir voulu l'écouter.

Ce soir, lorsqu'elle lui apprendrait qu'elle comptait prendre l'avion pour Dijon le lendemain et passer en Bourgogne les quelques jours qui la séparaient de son retour en Californie, elle aurait le sentiment de s'être rachetée et de lui avoir témoigné le respect qu'il méritait.

En arrivant à Patras, le matin, elle avait disposé d'un peu de temps et elle s'était rendue dans un magasin de jouets. Elle avait acheté un lot de trois jolis petits camions, avec des pièces de mousse interchangeables. Ils étaient de couleur vive et promettaient de plaire à un enfant de l'âge d'Ari. Le vendeur les avait glissés dans une jolie pochette cadeau.

Andreas avait fait beaucoup pour elle, et elle ne pourrait jamais s'acquitter de cette dette. Mais comme il adorait son fils, elle ne doutait pas qu'un cadeau pour le petit garçon lui ferait plaisir.

Elle passa un dernier coup de brosse dans ses cheveux. Elle avait décidé de les laisser flous, ce soir. Puis elle choisit une paire de boucles d'oreilles, mit une touche de parfum et appliqua sur ses lèvres son rouge préféré.

Il n'était pas encore 19 heures lorsqu'elle attrapa son sac et le cadeau pour Ari. Elle ne tenait plus en place et, le cœur battant à tout rompre, elle quitta son appartement.

Andreas l'attendait, adossé à son coupé Mercedes gris métallisé, les bras croisés. Lui aussi était arrivé en avance. Quelle que soit la tenue qu'il choisissait, il était toujours très séduisant mais, ce soir, avec son costume de lin clair et sa chemise noire, il était à tomber par terre.

Dès qu'elle sortit de l'immeuble, Zoe sentit son regard se poser sur elle et ne plus la quitter, comme s'il la voyait pour la première fois, comme s'il voulait graver à jamais son image dans sa mémoire. Quelque chose avait changé en lui, elle le perçut tout de suite, et un étrange titillement assaillit son ventre. Il était différent, et l'homme nouveau qu'elle avait en face d'elle la troublait profondément.

Il se redressa pour lui ouvrir la portière. Lorsqu'elle arriva à sa hauteur, le souffle lui manquait..

— Andreas, parvint-elle à articuler. Merci d'avoir accepté mon invitation, ce soir. Même si vous avez dû venir me chercher, une fois de plus !

Un sourire sensuel effleura les lèvres d'Andreas..

— Si votre patron vous avait rémunérée à la hauteur de vos capacités, vous auriez pu vous offrir la toute dernière Porsche dont vous m'avez dit qu'elle vous plaisait, et c'est vous qui seriez venue me chercher. Je n'ai jamais vu quelqu'un travailler autant que vous.

Le compliment alla droit au cœur de Zoe..

— Merci. Ce sont des paroles extrêmement flatteuses venant d'un homme que les médias qualifient de « turbo humain » de l'industrie grecque.

Zoe monta dans la voiture, effleurant au passage de son bras le torse d'Andreas. Ce contact infime fit courir un long frisson dans tout son corps. Elle s'efforça de conserver son calme, prit une grande inspiration et le regarda contourner la voiture. Lorsqu'il s'installa au volant, les effluves familiers de son eau de toilette, mélange subtil d'épices et de citron, l'assaillirent délicieusement. Tout chez cet homme la troublait. Sa seule présence l'électrisait, faisait vibrer son corps.

Tu es très mal partie, *Zoe*, songea-t-elle.

Andreas démarra et prit la direction de Rion, une banlieue qui se trouvait à huit kilomètres au nord-est de la ville, au pied du mont Panachéen. Zoe s'émerveilla de la vue sur le golfe de Corinthe, de ses eaux d'un bleu sublime, tandis qu'ils traversaient le pont qui reliait Rion à Antirion. Ce miracle d'ingénierie assurait le lien entre le Péloponnèse et la Grèce continentale.

Andreas avait raison, elle était irrésistiblement attirée par la mer et le soleil. Elle adorait la Grèce, le pays des plages immaculées et de la lumière sublime des longues soirées d'été. Ce soir, le soleil ne se coucherait pas avant 21 heures, et elle éprouvait un incroyable sentiment de plénitude. Se trouver au côté d'Andreas était plus extraordinaire encore que dans ses rêves. Des rêves dans lesquels il avait invariablement sa place, tout en demeurant hors d'atteinte et nimbé d'une aura de mystère..

— Maintenant que vous en avez terminé avec vos

recherches, vous devez vous sentir un peu désœuvrée ici, en Grèce. Il va vous manquer un objectif, non ?

Zoe avait bien peur qu'Andreas n'ait vu juste..

— Vous êtes très perspicace. Je crois que vous connaissez déjà la réponse.

Ils parvinrent bientôt au charmant restaurant de bord de mer dans lequel elle avait réservé. Les tables étaient installées sur la terrasse, avec de grands parasols blancs pour les abriter. Andreas se gara sur le bord de la route, devant la plage, et coupa le contact..

— Avant de descendre, dit Zoe, je voudrais vous donner ceci.

Elle lui tendit la pochette cadeau qu'elle avait posée à ses pieds.

Andreas lui jeta un regard surpris..

— Un dîner et un cadeau ? Qu'ai-je donc fait pour mériter tout cela ?.

— Regardez ce que c'est, d'abord !

Il prit la pochette et l'ouvrit. Le sourire qui illumina son visage valait tous les remerciements du monde..

— Ari va les adorer ! assura-t-il..

— J'ai pensé qu'ils étaient amusants et, en même temps, très solides. La photo que vous m'avez montrée d'Ari avec les lunettes de soleil m'a donné une idée du petit garçon qu'il devait être. Sans pouvoir dire pourquoi, je l'ai tout de suite imaginé jouant avec ces camions, les poussant dans le sable comme s'il se trouvait sur l'un de vos chantiers de construction. Il a beaucoup de chance d'avoir un homme aussi extraordinaire que vous comme modèle.

Zoe le sentit hésiter..

— C'est vous qui êtes une femme extraordinaire, Zoe.

Sa voix profonde avait un accent rauque. Quelque chose se passait dans son esprit qu'elle ne parvenait pas à déchiffrer..

— Maintenant, dites-moi pour quelle raison vous êtes revenue.

La vérité, Zoe, songea-t-elle. *Tu dois lui dire la vérité..*

— Eh bien… commença-t-elle, hésitante. Très vite après notre rencontre, je me suis mise à éprouver des sentiments pour vous. Des sentiments coupables, parce que je sais que vous n'êtes pas libre. Ce que je ressentais m'a fait terriblement peur, et c'est pourquoi je me suis enfuie. C'était une réaction puérile, je l'avoue. Vous méritiez que j'aie le courage de vous dire la vérité en face. Si je vous ai froissé ou mis dans l'embarras, je vous prie de m'en excuser.

Andreas demeura un long moment silencieux, et Zoe ne sut comment se comporter. À quoi pensait-il ? Soudain, il remit les jouets dans la pochette cadeau, la plaça sur la banquette arrière et descendit de voiture. Un instant plus tard, il lui ouvrait la portière pour qu'elle descende à son tour. Il ne dit pas un mot.

Le restaurant était en train de se remplir, mais elle avait heureusement eu la bonne idée de réserver. Le maître d'hôtel les conduisit vers une table qui offrait une vue magnifique sur le golfe, et un serveur se présenta presque aussitôt avec la carte.

Zoe jeta un bref coup d'œil à Andreas..

— Je vous en prie, choisissez ce qui vous fait plaisir. Je prendrai la même chose que vous..

— Vous me faites confiance ?.

— Comment pouvez-vous me poser une question pareille ?

Un sourire effleura les lèvres d'Andreas et il passa commande. Quelques instants plus tard, le serveur revenait avec deux verres d'un vin blanc aux reflets dorés..

— Du retsina, indiqua Andreas. C'est un vin qui se boit très frais. Il est idéal pour une soirée d'été comme celle-ci. Goûtez-le !

Zoe suivit son conseil et releva les yeux vers lui..

— C'est un très bon choix, en effet. Il est délicieux !

Andreas but une gorgée à son tour puis reposa son verre et se pencha vers elle. Enfin, il allait lui répondre !.

— Afin qu'il ne demeure aucune ambiguïté entre nous, dit-il à mi-voix, sachez que j'éprouve moi aussi des sentiments pour vous. J'aimerais aller plus loin, mais le moment n'est pas encore venu pour cela. Voilà ce que j'étais si impatient de vous dire avant votre départ pour Venise.

Zoe crut que son cœur s'était soudain arrêté de battre..

— Puisque vous êtes revenue à Patras et que le dialogue s'est renoué entre nous, poursuivit-il, pouvez-vous me dire quels sont vos projets, à présent ?

Zoe se passa la langue sur les lèvres, au comble de la nervosité..

— Eh bien, Abby et Raoul m'ont invitée à passer quelques jours dans leur vignoble, en Bourgogne. Ensuite, je repartirai pour les États-Unis..

— Avez-vous la possibilité de différer ce séjour ? De mon côté, j'avais espéré que vous accepteriez de m'accompagner à Athènes après-demain. C'est mon jour de visite et j'aimerais que vous fassiez la connaissance d'Ari. Si vous venez avec moi, vous pourrez lui remettre vous-même son cadeau.

Zoe sentit sa gorge se nouer. Elle avait peine à croire ce qu'elle venait d'entendre. Il voulait lui faire rencontrer son fils ? Son cœur battait à tout rompre tandis qu'un mélange d'excitation et d'appréhension l'assaillait.

Abby l'avait poussée à revenir à Patras pour entendre ce qu'Andreas avait à lui dire, mais pas un instant elle ne s'était attendue à une telle proposition. Avant qu'elle ait eu le temps de répondre quoi que ce soit, le serveur se présentait à leur table pour leur resservir du vin. Puis, dans la foulée, il leur apporta leurs plats. Des filets de saumon grillés, accompagnés d'épinards et de pommes de terre rôties farcies au fromage de brebis..

— Dois-je comprendre à votre silence que vous n'avez pas envie de repousser votre séjour en France ? demanda Andreas dès que l'homme se fut éloigné.

Zoe se mordit la lèvre. Elle l'avait vexé, de nouveau, et c'était vraiment la dernière chose qu'elle souhaitait..

— Non, Andreas, pas du tout. Si je n'ai rien dit, c'est parce que vous m'avez totalement prise au dépourvu !

Il pencha la tête et la fixa droit dans les yeux..

— Il y a déjà un moment que j'avais envie que vous rencontriez Ari, mais vous aviez votre travail, vous étiez en train d'achever vos recherches, et je ne voulais pas vous faire perdre du temps. Voilà pourquoi cela a été un grand choc pour moi lorsque vous avez quitté Patras de manière aussi soudaine. Je ne m'étais pas rendu compte que le moment était venu pour vous de repartir.

À ces mots, Zoe songea à son amie Abby. Celle-ci avait eu raison sur toute la ligne. Elle avait bien fait de lui conseiller de revenir..

— Maintenant, vous savez pourquoi je suis partie si brusquement, dit Zoe.

Elle saisit son verre et but une gorgée de vin..

— Ne croyez-vous pas que ma présence risque de perturber Ari ?.

— Nous prendrons le temps de le préparer.

Andreas…

Zoe baissa les yeux vers son assiette, et ils se mirent tous deux à déguster leurs plats..

— Je réserverai une chambre pour vous dans l'hôtel où je réside quand je suis à Athènes. Il y a à côté un jardin avec un bassin où Ari aime jouer, sans parler du zoo et du petit train..

— Vous voulez parler du petit train rouge que j'ai vu dans les rues d'Athènes ?.

— Oui. Il permet de découvrir tous les sites importants. Ari adore le prendre. Nous passerons deux journées et deux nuits là-bas. Est-ce que cela vous convient ? Je serais déçu que vous n'acceptiez pas, mais je comprendrais.

Zoe ne répondit pas tout de suite. Elle posa sa fourchette et le regarda dans les yeux..

— Si vous pensez qu'Ari ne sera pas dérangé par le fait que vous veniez accompagné d'une étrangère, je serai ravie de faire sa connaissance, déclara-t-elle.

Andreas s'essuya discrètement la bouche avec sa serviette.

— Oh ! merci, je suis très heureux que vous soyez d'accord, parce qu'il y a autre chose que j'aimerais vous demander. Demain, dans la journée, je dois prendre l'avion pour Lakithra, où nous inaugurons notre tout dernier hôtel. Ce sera une brève visite, il est inutile que j'y reste longtemps. Cela vous dirait-il de venir avec moi ? Nous déjeunerons à l'hôtel pour tester le menu puis nous regagnerons Patras.

Zoe marqua un temps d'arrêt..

— Vous voulez parler du village qui est en Céphalonie ?

Andreas acquiesça d'un signe de tête..

— Le lieu où je me suis rendue pour voir le rocher de Byron ?.

— Celui-là même. Le terrain sur lequel nous avons bâti l'hôtel appartenait à notre famille..

— Ce n'est pas possible….

— Si, si. C'est la stricte vérité.

Zoe le considéra, interdite, et le sourire qui effleura les lèvres d'Andreas fit s'emballer son pouls..

— Notre famille a érigé cet hôtel pour honorer la mémoire de Lord Byron et de trois de nos ancêtres qui vivaient sur ces terres et qui ont combattu contre les Turcs pendant la guerre d'indépendance..

— Alors voilà pourquoi vous savez tant de choses sur Lord Byron ! s'exclama Zoe. Peut-être même possédez-vous des documents le concernant ?.

— Si vous faites allusion à des journaux intimes ou à des témoignages de ce genre, non. Je vous les aurais montrés ! Mais mes ancêtres appartenaient au groupe de combattants financé par Lord Byron, qui avait vendu sa propriété en Écosse et rassemblé vingt mille livres sterling pour leur venir en aide. Nous avons baptisé cet hôtel Gavras House Lakithra-Lord Byron.

Zoe n'en revenait pas..

— C'est fantastique, ce que vous avez fait ! murmura-t-elle.

Andreas termina son verre de vin..

— Quand vous êtes-vous rendue à Lakithra ?.

— Au mois de mars..

— L'hôtel était en tout début de construction à cette époque-là..

— Mais vous ne m'en avez jamais parlé. Vous n'y avez pas fait la moindre allusion.

Il sourit de nouveau..

— Connaissant la raison pour laquelle vous vous trouviez en Grèce, j'espérais vous y emmener une fois qu'il serait terminé, pour vous surprendre.

Toutefois, elle avait quitté Patras avant qu'il n'ait pu le faire…

Elle secoua la tête..

— Si vous vouliez me surprendre, vous avez réussi, Andreas Gavras ! C'est une immense surprise. Et j'ai très envie de vous accompagner ! conclut-elle avec enthousiasme.

Sur ces entrefaites, le serveur apporta le dessert : une panna cotta au miel et aux fruits frais. Zoe en profita pour lui demander de préparer l'addition et de la lui donner en main propre.

Le serveur jeta un coup d'œil à Andreas, avant de se tourner de nouveau vers elle..

— Très bien, *kyria*..

— Il sait qui vous êtes, dit Zoe lorsqu'il se fut éloigné..

— Si tel est le cas, il doit penser que j'ai beaucoup de chance d'être invité par la femme la plus séduisante de toute la Grèce.

Zoe sourit..

— Comme le fait dire Charlotte Brontë à son héroïne Jane Eyre : « Décidément, monsieur, il semblerait que vous ayez abusé du vin. »

Zoe avait pris quelque liberté avec la citation..

— Mais je serais bien sotte de ne pas me réjouir du compliment, reprit-elle. Comme dit Lord Byron : « Les sermons et l'eau seront pour plus tard. »

Elle sentit le regard d'Andreas sur ses lèvres et fut parcourue d'un frisson..

— Vos étudiants connaissent-ils la chance qu'ils ont de vous avoir pour professeur ?

Tout ce que disait et faisait Andreas la troublait au plus haut point. Fort heureusement, le serveur revint bientôt. Elle régla le repas en lui laissant un copieux pourboire..

— Le dîner était excellent, lui dit-elle..

— *Efkaristo, kyria.*

Andreas se leva alors, fit le tour de la table et lui tendit son bras..

— Si nous allions marcher le long de la mer, maintenant ? Vous êtes toujours partante ?.

— Bien sûr, c'est une excellente idée. Peut-être n'aurons-nous besoin ni de sermons ni d'eau pour retrouver des idées claires…

Ils regagnèrent la voiture. Zoe posa son sac à l'intérieur, et tous deux ôtèrent leurs chaussures. Puis Andreas lui prit la main, et ils descendirent au bord de l'eau.

On pouvait difficilement trouver plus romantique pour une promenade. Le soleil qui se glissait derrière l'horizon parait le ciel de teintes douces qui se reflétaient sur la mer d'argent. Pour Zoe, la Grèce était la patrie des amants et Andreas, l'homme le plus séduisant au monde….

— Je ne vous fais plus peur, j'espère ? demanda-t-il.

Elle ralentit le pas, surprise par la question. Sa main se trouvait toujours dans celle d'Andreas lorsqu'elle leva les yeux vers lui. Le sang battait à ses tempes..

— Je n'ai jamais eu peur de vous, répondit-elle, mais de la relation qui s'installait entre nous. Parce qu'elle ne peut nous mener nulle part.

Andreas la lâcha pour lui emprisonner le visage entre ses mains..

— Non, vous vous trompez. Elle nous a déjà menés jusqu'ici. Et ce qui suit saura, je l'espère, vous montrer clairement ce que je ressens pour vous depuis le début.

Il se pencha et prit sa bouche en un baiser profond, passionné. Ce baiser dont Zoe ne cessait de rêver depuis qu'ils s'étaient rencontrés. Et la réponse ardente qui fut la sienne, la fougue qu'elle ne put retenir ne devaient guère laisser de doute dans l'esprit d'Andreas quant à la raison pour laquelle elle était revenue à Patras.

Un gémissement lui échappa tandis que, les sens bouleversés, elle s'abandonnait au plaisir qui déferlait en elle. Mais Andreas mit trop vite fin au baiser. Il libéra ses lèvres..

— Il y a longtemps que je rêvais de vous embrasser, mais vous êtes si importante pour moi que je ne voulais pas courir le risque d'un geste déplacé.

Il avait toujours eu envie de l'embrasser ? Il en avait rêvé ? Zoe n'en revenait pas !.

— Quand, au téléphone, vous m'avez dit que vous partiez, j'ai craint de m'être trompé, d'avoir pensé à tort que vous éprouviez des sentiments pour moi.

Zoe s'écarta en luttant pour reprendre son souffle..

— Vous n'êtes toujours pas divorcé, murmura-t-elle.

Il se pencha vers elle et l'obligea à le regarder..

— Je pensais que votre divorce vous avait peut-être échaudée, éloignée des hommes. Et de moi, par conséquent. Je ne comprends toujours pas qu'un homme ait pu vous laisser partir. Avec le temps, j'espérais que vous reprendriez confiance et que vous pourriez vous ouvrir à moi, me parler.

Zoe referma les bras autour d'elle, comme si ce geste pouvait la protéger..

— C'est pour les mêmes raisons, à cause des traumatismes qu'engendrent les séparations, que je ne vous ai posé aucune question sur votre mariage. Une amitié s'est développée entre nous, une amitié que j'ai appréciée et en laquelle j'avais confiance, mais elle n'a rien changé au fait que nous étions sur la réserve, vous et moi. Très attentifs à ne pas commettre d'indiscrétion, à ne pas chercher à nous immiscer dans la vie privée de l'autre.

— Pourtant, vous êtes revenue. Dieu merci…

4

Le cœur de Zoe battait à tout rompre. Elle baissa la tête..

— En fait, dit-elle, je me suis confiée à Abby. Je ne lui avais encore jamais parlé de vous. Je ne lui avais pas dit que j'avais passé le mois de juin à faire votre connaissance tout en travaillant. Elle a senti que la relation que j'avais développée avec vous était importante pour moi. Quand je lui ai avoué que vous m'aviez demandé de ne pas partir, que vous souhaitiez me parler, elle m'a poussé dans mes derniers retranchements. Elle sait que j'ai tendance à être un peu paranoïaque depuis mon divorce d'avec Nate.

Zoe remarqua une brève crispation sur les traits d'Andreas..

— C'est la première fois que vous mentionnez son nom.

Elle hocha la tête..

— Nate Owens.

Andreas demeura silencieux quelques instants, puis il posa la main sur le bras de la jeune femme..

— Il fait sombre maintenant, dit-il. Regagnons la voiture. Vous me raconterez tout en chemin..

— C'est vrai, la nuit est tombée. Je ne l'avais pas remarqué.

Ils étaient tellement plongés dans leur conversation que Zoe n'avait pas vu le temps passer. Elle était tout au bonheur de se trouver en compagnie d'Andreas. C'était merveilleux..

— Il y a longtemps que vous avez divorcé ?.

— Mon mariage a duré un an et demi. J'avais dix-huit ans lorsque j'ai épousé Nate. Il était plus âgé que moi : il avait vingt-cinq ans à l'époque, l'âge que j'ai aujourd'hui. Il exerçait un métier prestigieux : pilote de carrière dans l'armée de l'air. Il portait magnifiquement l'uniforme et il était terriblement séduisant. Nous nous étions rencontrés à la plage. Cet été-là, il passait ses vacances à Santa Monica. Je suis tombée follement amoureuse de lui, et nous nous sommes mariés tout de suite, devant un juge de paix. Mes parents adoptifs ont désapprouvé ce mariage. Ma famille aussi.

Andreas marqua un temps d'arrêt..

— Vos parents adoptifs ?.

— Oui. Nancy et Bob Perkins. Ils sont divorcés aujourd'hui. Bob est allé s'installer près de son frère, dans l'Oregon, et Nancy vit toujours au bord de la mer. Je suis restée en contact avec eux, mais ils ignorent tout de mes parents biologiques. Ils n'ont jamais su qui ils étaient et, moi, je n'en ai pas la moindre idée..

— Je suis vraiment désolé, Zoe, s'exclama Andreas, manifestement bouleversé..

— Ne vous inquiétez pas pour moi, j'ai eu le temps de m'habituer. Apparemment, dès ma naissance, j'ai été confiée à une première famille d'accueil, qui m'a appelée Zoe, et à quatre ans, on m'a placée chez les Perkins. Ils m'ont finalement adoptée et donné leur nom de famille. Ils ont également adopté deux autres enfants..

— Vous êtes restée en contact avec eux ?.

— Non. C'étaient deux garçons, et ils étaient beaucoup plus âgés que moi. Dès qu'ils ont eu dix-huit ans, ils ont quitté le domicile. Les Perkins ont vraiment fait le maximum pour moi, et je leur dois ce que je suis aujourd'hui. Grâce à eux, j'ai été une excellente élève et j'ai pu aller à l'université. De ce point de vue, j'ai eu beaucoup de chance. En revanche, en ce qui concernait ma vie sentimentale, je les ai toujours trouvés trop sévères, trop stricts. Lorsque je leur ai dit que Nate voulait m'épouser, Nancy m'a répondu que j'étais trop jeune. Elle m'a mise en garde. « On s'emballe quelquefois pour un garçon, mais la belle histoire d'amour ne dure pas forcément », m'a-t-elle dit. Bob, lui, m'a conseillé d'attendre, de voir venir. Mais je ne les ai pas écoutés.

Andreas ne fit aucun commentaire..

— Ils avaient raison, bien entendu, reprit-elle. Une fois mariés, nous avons commencé à nous disputer, Nat et moi, parce qu'il n'était pas prêt à fonder une famille. Je me suis très vite aperçue qu'il me mentait et qu'il avait des aventures. Il n'avait pas envie d'assumer des responsabilités. C'est son infidélité qui, au bout du compte, a fait capoter notre mariage. Je lui ai dit que je voulais divorcer, et il n'a fait aucune difficulté. Comme il s'agissait d'un consentement mutuel, le divorce a été facile et il s'est réglé sans engager trop de frais. Mais cette expérience m'a rendu très méfiante à l'égard des hommes. Et elle m'a fait mûrir très vite..

— Je comprends mieux votre attitude, maintenant. Il n'est pas étonnant que vous ayez voulu me fuir.

Ils traversèrent la plage et atteignirent bientôt la voiture. Andreas déverrouilla les portières, puis il se pencha pour attraper la serviette qu'il avait posée sur la banquette arrière..

— Si vous voulez bien vous asseoir, je vais ôter le sable de vos pieds.

Zoe obéit, et il se pencha alors pour placer la serviette sous ses pieds, qui étaient mouillés après leur marche au bord de l'eau. Avec délicatesse, il en ôta le sable. La pression douce de ses doigts sur sa peau rendait ce contact si intime que Zoe était tout entière parcourue de délicieux frissons. Lorsqu'il eut terminé, il saisit ses sandales et les lui glissa aux pieds..

— Et voilà ! dit-il.

Il s'écarta pour la laisser se lever et, tandis qu'elle gagnait son siège à l'avant de la voiture, il s'essuya les pieds et se chaussa à son tour. Lorsqu'il se glissa au volant, elle posa la main sur son bras..

— Personne ne m'a jamais traitée avec autant d'égards que vous. Je n'oublierai jamais la façon dont vous m'avez porté secours lors de l'accident de taxi, ni tout ce que vous avez fait pour moi depuis. Merci d'être l'homme que vous êtes.

Les accents d'émotion dans sa voix résonnèrent, comme suspendus, dans l'élégant habitacle de la voiture.

Elle ôta alors sa main, soudain gênée, et Andreas mit le contact. Quelques instants plus tard, ils roulaient en direction de Patras..

— Vos parents adoptifs vous ont-ils aidée financièrement après votre divorce ? demanda Andreas au bout d'un moment..

— Non. Ce sont des gens modestes et, de toute façon, il n'était pas question que j'accepte. Bob travaille à la poste et Nancy est assistante maternelle. Ils n'ont pas pu avoir d'enfants, voilà pourquoi ils nous ont adoptés, les deux garçons et moi. Mais je crains que la charge n'ait été trop lourde et c'est, je crois, ce qui a eu raison de leur mariage..

— À vous entendre, je mesure quelles personnes extraordinaires ils doivent être !.

— Oui, le mot n'est pas trop fort. De mon côté, j'ai toujours voulu m'en sortir, ne pas être une charge trop lourde pour eux. Je faisais du baby-sitting pour gagner un peu d'argent. Mes résultats scolaires m'ont permis d'obtenir, à plusieurs reprises, des gratifications financières, et finalement une bourse d'études pour quatre ans. Elle a couvert mes frais d'inscription à l'université et mes livres..

— Votre prénom est d'origine grecque, vous savez ? Il signifie vie. Et cela vous va bien. Vous êtes tellement pleine d'énergie !

Zoe hocha la tête en souriant..

— Vous deviez être une étudiante très brillante, poursuivit Andreas..

— Non, non. J'étais surtout très travailleuse. J'ai toujours voulu m'en sortir. La pension que Nate a été contraint de me verser durant une courte période et le salaire que je touchais en travaillant à la bibliothèque de l'université m'ont permis de me maintenir à flot. Je partageais une vieille maison, près du campus, avec cinq autres étudiantes, ce qui réduisait considérablement mes frais de loyer. Nous cuisinions à tour de rôle..

— Je ne sais pas qui mérite le plus le surnom de « turbo », vous ou moi ?

Zoe se mit à rire..

— Il faut que vous sachiez que j'ai toujours été un rat de bibliothèque, et ce, dès mon plus jeune âge. Mes professeurs m'encourageaient à travailler, à faire des efforts pour pouvoir aller plus tard à l'université. L'un d'eux, au lycée, me disait sans cesse que j'en avais largement les capacités et que je réussirais si je ne me laissais pas distraire. J'ai alors décidé de devenir la meilleure dans mon domaine, et les portes se sont ouvertes, en effet..

— C'est sans doute la raison pour laquelle vous avez été choisie pour effectuer des recherches en vue de ce film sur Lord Byron..

— Oui, probablement. C'est le doyen du département de littérature qui a communiqué mon nom à Magda. Il savait à quel point je vénérais les œuvres de Byron et, ce, depuis toujours..

— Il s'est rendu compte que vous étiez devenue la grande spécialiste de ce poète, Zoe..

— Dans ce cas, espérons que cela profitera au film et qu'il sera à la hauteur..

— Savez-vous quand sa sortie est prévue ?.

— Non, pas du tout. En revanche, Magda m'a dit qu'il y aurait une prime pour chacune de celles qui ont effectué les recherches. Je rêve de pouvoir donner un peu d'argent à mes parents adoptifs. Ils n'ont jamais été très démonstratifs avec nous, ils ne nous montraient pas combien ils nous aimaient, mais nous le savions. Nous savions tous les trois quelles personnes attentives et généreuses ils étaient. Ils nous ont donné un foyer et se sont occupés de nous durant toutes ces années.

Andreas sourit..

— Et ils vous ont permis de devenir la femme que tout vous portait à être et d'accomplir votre destin. Ils doivent être extrêmement fiers de vous. Quant à vos parents biologiques, ils seraient sans doute très impressionnés de voir la femme qu'est devenue leur fille !

Zoe cilla à plusieurs reprises pour chasser les larmes qui lui montaient aux yeux..

— Si votre intention était de me faire pleurer, bravo ! murmura-t-elle avec humour d'une voix faible. C'est réussi !

Durant le reste du trajet, ils demeurèrent tous deux silencieux. Encore sous le coup des révélations de Zoe, Andreas songeait aux nombreuses épreuves qu'elle avait traversées dans la vie et il en était profondément ému.

Lorsqu'ils arrivèrent dans la rue de Zoe, Andreas trouva une place pour se garer non loin de son appartement. Il coupa le contact, glissa un bras sur le dossier du siège et se tourna vers elle.

De profil, ses traits fins et réguliers possédaient un attrait inouï, et il ne se lassait pas de la contempler. Maintenant qu'il connaissait son histoire, il songeait à ses parents biologiques, qui devaient être exceptionnellement séduisants pour avoir engendré une telle beauté. Ils l'avaient en outre dotée de nombreux talents, notamment de son incroyable persévérance et d'une très belle âme..

— Après ce que vous m'avez confié, je réfléchis à mon propre parcours, dit-il. Si je m'étais trouvé dans une situation similaire à la vôtre, je me demande comment j'aurais géré le fait de ne pas connaître mes parents biologiques..

— La vie ne nous laisse pas le choix. Il faut avancer. En ce qui me concerne, je me suis dit qu'il ne fallait pas que j'y pense, mais j'ai très vite constaté que c'était impossible. Mes frères d'adoption avaient eux aussi beaucoup de mal à vivre la situation. Nous en parlions sans cesse ensemble et nous trouvions injuste que les documents de justice qui existaient et qui pouvaient nous donner des réponses demeurent scellés.

Andreas haussa les sourcils, étonné..

— En y mettant le prix, vous pourriez probablement obtenir gain de cause auprès d'un juge et faire lever les scellés..

— J'y ai pensé, croyez-moi ! soupira la jeune femme. Mais outre que le prix devait largement dépasser ce qui était possible pour nous, Bob m'a mise en garde. Je pourrais me retrouver confrontée à une réalité qu'il serait préférable d'ignorer..

— Vous le croyez sincèrement, Zoe ?.

— Non. Je préférerais connaître la vérité, quelle qu'elle soit. Pour moi, la naissance est un miracle. Peu m'importe que la terre compte pratiquement huit milliards d'individus, chaque personne est unique. Et je le suis aussi.

Andreas lui sourit avec tendresse..

— Je suis tout à fait d'accord avec vous sur ce point..

— Merci, répondit Zoe en lui rendant son sourire..

— Vous savez, même si je suis arrivée par accident, même si on ne m'a pas désirée ou que l'on m'a voulue, mais sans avoir la possibilité de s'occuper de moi, j'aimerais avoir une explication. Mon père était-il, comme moi, passionné de livres ? Ai-je hérité des oreilles de mon grand-père paternel ou de la stature de ma grand-mère maternelle ? Qui avait, comme moi, les yeux bleus ? Qui aimait autant que moi le chocolat ? En tout cas, ils devaient tous avoir de très bonnes dents, car je n'ai jamais eu de caries. Je dépense très peu d'argent en dentiste, conclut-elle, malicieuse.

Andreas eut un petit rire. Le sourire éblouissant de Zoe faisait partie de ce charme extraordinaire qu'elle possédait.

Puis il retrouva son sérieux..

— La question de vos origines continue-t-elle à vous torturer ? s'enquit-il..

— Me torturer, c'est un bien grand mot, répondit-elle. Mais je dois admettre que je n'ai cessé d'y penser durant toute mon adolescence. C'était difficile pour moi de me rendre chez une amie et de la voir en compagnie de son vrai père et de sa vraie mère. Je ne m'y suis jamais habituée. J'étais mariée lorsque Nancy m'a donné un conseil que je n'ai jamais oublié..

— Lequel ?.

— Elle m'a dit qu'on m'avait donné la vie et qu'il fallait que j'en profite de toute façon. C'est tout à fait elle, ça ! C'est quelqu'un de profondément sensé, qui a toujours eu les pieds sur terre. J'essaie, depuis, de ne pas oublier ce qu'elle m'a dit, d'appliquer ce principe, mais il m'arrive de rencontrer des situations qui font resurgir l'éternelle question « qui suis-je ? ».

— Lesquelles, par exemple ? J'aimerais comprendre ce qui se passe en vous..

— Je vais vous donner un exemple très simple. Depuis que nous nous sommes rencontrés, je me demande quel effet cela fait d'être né avec le nom de Gavras, d'être sûr de sa place dans la vie et dans la société et de se sentir sécurisé par l'amour de sa propre famille. Vous voyez…

Demain, nous allons visiter le lieu où sont nés vos ancêtres. Des ancêtres qui appartiennent à votre lignée, que vous pouvez nommer et qui vous ont donné votre identité. Peut-on imaginer plus grand privilège ?.

— Oui, j'en connais un, murmura Andreas. Celui d'être en compagnie de la femme qui m'a redonné confiance en la vie, qui m'a fait prendre conscience de toute sa richesse. Merci pour cette soirée. Vous ne pouvez pas vous imaginer comme votre honnêteté, votre franchise, m'ont été bénéfiques. Elles m'ont conforté dans une résolution très importante que je devais prendre. Mais comme il se fait tard et que je dois être à mon bureau à la première heure demain matin, je vous en parlerai plus tard..

— Je me réjouis à l'avance de faire ce voyage avec vous demain. À quelle heure dois-je me tenir prête ?.

— 8 h 30. Nous prendrons le petit déjeuner dans l'avion. Zoe, je dois vous avouer que je n'ai aucune envie de vous quitter. La seule chose qui m'aide, c'est de savoir que je vous retrouve demain matin. Venez, je vous raccompagne jusqu'à votre porte.

Andreas descendit de voiture et ouvrit la portière pour elle. Cependant, il ne lui tendit pas son bras pour gagner l'entrée de l'immeuble. Il ne devait pas céder à la tentation de la toucher, même pour un geste aussi innocent que celui-là. Il lui semblait sentir encore le goût de ses lèvres, l'ivresse du baiser qu'ils avaient partagé sur la plage. Elle y avait répondu avec une telle fougue qu'il avait senti tout son corps s'embraser littéralement. Mais il était encore trop tôt pour laisser s'exprimer la folle attirance qu'elle lui inspirait et s'y abandonner sans réserve.

Ce soir, elle lui avait fait confiance, elle avait entrouvert sa porte. Elle l'avait laissé accéder à une intimité, des confidences qu'elle avait jusque-là maintenues sous bonne garde. Il avait marché en terrain sacré et les révélations qu'elle lui avait faites l'avaient surpris et bouleversé. S'il continuait à se montrer patient, il n'était pas impossible qu'il parvienne à la convaincre de passer le reste de ses vacances avec lui, et peut-être bien davantage, qui sait ?

Lorsqu'elle eut pénétré dans le hall de l'immeuble et enclenché la minuterie, elle se tourna vers lui. La lumière faisait ressortir le bleu intense de ses yeux magnifiques, et il se surprit à se demander lequel de ses parents lui avait fait ce beau cadeau.

Lui-même, lorsqu'il se regardait dans le miroir, voyait un peu de son père et un peu de sa mère dans son reflet. En revanche, le jour où Ari se contemplerait à son tour, il serait incapable de retrouver dans ses traits l'homme qu'il pensait être son père. À ce moment-là, il réclamerait une explication.

Grâce à la conversation qu'il avait eue avec Zoe et aux nombreuses questions qu'elle soulevait, il était plus que jamais déterminé à révéler, le moment venu, toute la vérité à Ari concernant ses origines.

Zoe lui sourit..

— Bonne nuit, Andreas !.

— *Kalinikta, kyria.*

Andreas entendit le cri d'admiration que poussa Zoe alors que le jet s'apprêtait à atterrir. La Céphalonie, qui était la plus grande des îles Ioniennes, était un joyau. Elle s'offrait à leurs yeux, paysage couvert d'une végétation d'un vert intense, somptueuses plages de sable blanc, eaux turquoise cristallines.

Zoe lui avait raconté qu'elle y était déjà venue, mais en ferry. Andreas comprenait son émerveillement : l'arrivée par avion offrait une beauté à couper le souffle. Lui-même s'en émerveillait à chaque fois.

Une limousine de l'hôtel les attendait à l'aéroport. Elle les conduisit au pittoresque village de Lakithra. Au détour de la route, le nouvel hôtel apparut, magnifique bâtiment de deux étages s'étendant le long de la côte et arborant fièrement plusieurs drapeaux bleus et blancs, emblèmes de la Grèce, pour annoncer son inauguration..

— Il est magnifique ! s'exclama Zoe. L'impression que créent le blanc et le jaune des murs sous le soleil est tout simplement stupéfiante.

Elle se tourna vers Andreas..

— Votre architecte n'aurait pas pu choisir des teintes plus judicieuses pour s'intégrer dans ce paysage somptueux. Si l'hôtel avait été en activité quand je suis venue en mars, j'aurais adoré y séjourner..

— Je ne manquerai pas de transmettre vos compliments à l'architecte.

Un simple coup d'œil suffit à Andreas pour voir que l'activité battait son plein. Le parking était rempli de voitures et de cars de tourisme, ce qui était bon signe. Il vit plusieurs groupes de visiteurs qui entraient ou sortaient de l'hôtel. Deux employés le saluèrent lorsque le chauffeur franchit le portique et vint se garer devant le bâtiment.

Ils s'avancèrent à leur rencontre pour les accueillir.

— *Kalos orisate*, *kyrie* Gavras !

— *Efkarista.*

Andreas se tourna vers Zoe, mais elle ne le regardait pas. Toute son attention était centrée sur l'entrée de l'hôtel. À droite de la porte, sur le mur jaune, le nom Gavras House Lakithra-Lord Byron étaт gravé en blanc. Sur la gauche, se trouvait un grand portrait en pied de Lord Byron, vêtu du costume traditionnel albanais, et sous lequel étaient inscrites les paroles qu'il avait prononcées au sujet de la Grèce :

Je suis venu sur cette terre pour sauver un pays..

— Oh ! Andreas…

Sans l'attendre, Zoe dépassa le personnel et s'approcha du portrait. Lorsqu'il la rejoignit, elle leva vers lui un regard embué de larmes..

— Je trouve incroyable que vos ancêtres, qui ont vécu sur cette terre, ici même, à l'emplacement de cet hôtel, et dont le sang coule dans vos veines, soient liés de manière aussi intime avec Byron !

Andreas posa une main sur son bras. Il éprouvait un besoin irrépressible de la toucher..

— Ce que je trouve incroyable, moi, c'est que, par des chemins détournés et par-delà les frontières et les mers, ce lien soit parvenu à nous réunir. Si nous entrions, à présent ? Je vais vous faire faire une visite rapide. Je dois voir le directeur. Ensuite, nous pourrons aller nous promener dans le village..

— C'est une journée très importante pour moi, Andreas. Vraiment ! Je tiens à ce que vous le sachiez.

La gravité du ton de Zoe le toucha.

Il laissa son regard glisser sur elle et l'admira de nouveau. Aujourd'hui, elle portait un ensemble blanc, léger et élégant, tout à fait adapté à la température très élevée qu'il faisait déjà. Le haut sans manches soulignait divinement sa taille fine et la cambrure de ses reins, irrésistible tentation. Il posa brièvement une main dans son dos, l'invitant à entrer, puis il la présenta à quelques membres de son personnel et la conduisit vers le jardin et la piscine.

Ils prirent une boisson fraîche, installés à l'une des tables, et gagnèrent l'accueil et le bureau du directeur. Andreas la présenta en anglais à celui qui assurait cette fonction, Leon Padakis..

— *Kyria* Perkins est professeur de littérature anglaise à l'université d'UCLA, en Californie. C'est une spécialiste de Lord Byron..

— Vraiment ? C'est un honneur que vous nous faites d'assister à l'inauguration !.

— Croyez-moi, je suis ravie de me trouver ici en cette occasion ! Et j'adore le portrait qui se trouve à l'entrée..

— J'ai cru comprendre qu'il s'agissait d'une idée de *kyrie* Gravas, précisa le directeur.

Zoe se tourna vers Andreas..

— Je m'en doutais, acquiesça-t-elle à mi-voix.

Depuis leur arrivée, le directeur n'avait pas cessé de la détailler. Il lança à Andreas un regard inquisiteur..

— C'est une très belle femme, lui dit-il en grec. J'ignorais que vous viendriez accompagné. Passerez-vous la nuit à l'hôtel ?

Andreas n'apprécia pas du tout cette familiarité de la part de son directeur..

— Nous déjeunerons à l'hôtel, puis nous reprendrons l'avion pour Patras, répondit-il en anglais. À présent, si vous voulez bien nous excuser…

Il se tourna vers Zoe..

— Je sais que vous avez envie de voir de nouveau le rocher de Byron..

— Ce sera avec grand plaisir.

Ils quittèrent l'hôtel et partirent à pied. Le rocher avait été l'un des lieux préférés de Byron. Il était souvent venu s'y asseoir et y avait écrit nombre de vers. La ville avait commandité une plaque de marbre blanc pour honorer sa mémoire. Elle avait la forme d'un livre et comportait des citations du poète..

— Tout va bien, Andreas ? demanda Zoe, qui devait avoir remarqué son agacement..

— Maintenant, oui.

Il lui prit la main, et ils continuèrent de grimper en direction du rocher qui avait fait la célébrité de Lakithra.

Bientôt ils atteignirent le monument. Zoe s'approcha et lut la citation grecque traduite en anglais :

SI JE SUIS POÈTE, JE LE DOIS À L'AIR DE LA GRÈCE.

Elle embrassa du regard le paysage autour d'elle..

— Je sais exactement ce qu'a dû ressentir Byron. Tout ici est enivrant : l'air, la lumière, le paysage… Quelle tragédie qu'il soit mort si jeune !.

— Fort heureusement, il a été très prolifique. Je vous propose de marcher jusqu'à Metaxata pour voir sa statue, puis nous reviendrons à l'hôtel pour déjeuner.

Andreas aurait préféré ne pas avoir à le faire, mais il tenait à s'assurer du bon fonctionnement de l'établissement, de la qualité du service et de celle du restaurant. Il fallait vérifier que tout était bien à la hauteur de ses exigences.

Une heure plus tard, tandis qu'ils finissaient leur repas de homard et d'*anginares*, ces délicieux petits artichauts cuisinés dans une sauce au citron avec des œufs et des pommes de terre, Zoe lança un regard espiègle à Andreas..

— Savez-vous ce que disait Byron ? « Une femme ne devrait dîner que de salade de homard et ne boire que du champagne, seuls délices propres à lui convenir. » Il avait des avis sur tout et était obsédé par la prise de poids. Il pouvait faire les excès les plus invraisemblables et vivre ensuite d'eau et de pommes de terre pendant des jours..

— C'était un génie peu conventionnel, répondit Andreas avec un sourire amusé.

Zoe fronça soudain les sourcils..

— Excusez-moi, dit-elle. Je me laisse emporter et je parle, je parle… Andreas, vraiment, merci de m'avoir emmenée ici et de supporter mon verbiage. J'ai adoré cette journée inoubliable, cette plongée dans le monde de Byron. Mais je sais que, lorsqu'il s'agit de lui, je n'ai plus de retenue. Je vous promets que c'est terminé, à présent. Désormais, je vais me concentrer sur une chose : faire la connaissance de votre petit garçon. Votre épouse sait-elle que je serai présente ? J'imagine que cela risque de la perturber.

À ces mots, Andreas songea que le moment était venu de lui parler de Lia. Et, parce que Zoe était une femme extrêmement sensible et qu'elle n'avait jamais cherché à s'immiscer dans sa vie privée, ce qu'il appréciait au plus haut point, elle méritait d'être mise au courant. Il voulait qu'elle sache toute la vérité..

— Dans l'avion, je vous parlerai d'elle, c'est promis, dit-il.

Il passa un coup de fil pour demander au chauffeur de venir les chercher. Puis il se leva et, soucieux, guida Zoe directement vers la sortie. Les deux employés qui les avaient accueillis les accompagnèrent à la voiture.

Durant le bref trajet jusqu'à l'aéroport, il sentit que Zoe l'observait avec curiosité..

— Que se passe-t-il, Andreas ? finit-elle par demander. Je vous sens préoccupé depuis ce matin. Est-ce à cause de moi ? Ai-je fait quelque chose qui vous a déplu ?.

— Jamais de la vie ! Vous n'y êtes absolument pour rien.

Ils étaient assis côte à côte. Andreas lui prit la main et la serra tendrement..

— La nouvelle de ma séparation s'est très vite répandue et, depuis, je n'étais jamais apparu en public en compagnie d'une autre femme. Mais visiblement la rumeur a couru dans l'entreprise et elle est arrivée jusqu'ici, en Céphalonie, et jusqu'aux oreilles de ce directeur, que j'ai bien envie de mettre à la porte..

— Pourquoi ? Qu'a-t-il fait ?.

— Il s'est permis une remarque sur vous, sur votre beauté, et il a insinué que je pourrais désirer prendre une chambre pour la nuit..

— Non… ! Il a osé dire cela au P-DG ? Il ne manque

pas d'aplomb. Il vous connaît mal s'il ignore à quel point vous tenez à protéger votre vie privée !.

— Sa remarque m'a ramené à la réalité. Je ne vous ai pas suffisamment protégée de Lia. Elle est au courant de votre existence, cela ne fait aucun doute. Elle a des yeux et des oreilles partout pour me surveiller et elle ne s'en prive pas, croyez-moi. Et je ne vous ai pas encore emmenée à Athènes.

Zoe le regarda, surprise..

— C'est à cause d'elle que je n'ai pas encore rencontré votre fils ?.

— La réponse n'est pas simple. Je voulais que vous fassiez sa connaissance mais, au départ, nous étions sur la défensive l'un par rapport à l'autre, vous et moi. Nous marchions sur des œufs. Je craignais d'être trop invasif.

Zoe hocha la tête..

— Combien de temps avez-vous été marié avec Lia ?.

— Vingt mois, très exactement. Jour pour jour. Je vous ai rencontrée deux jours après avoir déposé la demande de divorce. Nous ne divorçons pas par consentement mutuel et, du coup, j'ignore quand ce sera fini..

— Je ne savais pas que vous aviez été marié si peu de temps. Je croyais détenir un record de brièveté avec mon mariage, mais le vôtre n'a pas duré tellement plus !.

— Tous deux étaient sans doute des erreurs, murmura Andreas. J'ai hâte de tout vous expliquer. Nous arrivons à l'aéroport, je vous parlerai dans l'avion.

Ils montèrent à bord du jet, dont l'intérieur était d'une très grande classe. Il incluait une partie salon comportant quatre fauteuils club de cuir de couleur taupe. Andreas et Zoe s'y installèrent face à face. Quand l'avion eut atteint sa vitesse de croisière et que le signal lumineux s'éteignit,

Andreas dégrafa sa ceinture de sécurité et commença son récit..

— J'ai rencontré Lia à Athènes, dit-il. Son père est un banquier très important avec lequel, à l'époque, je montais une société d'import-export. Je suis tombé amoureux d'elle. Nous ne voulions pas de fiançailles trop longues, aussi nous sommes-nous mariés cinq mois seulement après notre rencontre. Mes parents étaient morts dans un accident d'hélicoptère l'année précédente..

— Oh ! murmura Zoe en portant la main à sa bouche. Je l'ignorais….

— Je pense que c'est cette tragédie qui m'a en partie poussé à vouloir me marier et fonder une famille aussi vite. Nous avons passé notre lune de miel en Italie, mais déjà à cette époque-là j'ai senti que quelque chose n'allait pas..

— Que voulez-vous dire ?.

— Elle ne se montrait pas aussi amoureuse qu'avant le mariage. J'avais parfois l'impression qu'elle m'évitait.

Zoe avait peine à l'imaginer. Vouloir garder ses distances avec un homme comme Andreas ? Comment était-ce possible ?.

— Lorsque nous nous sommes rendu compte qu'elle était enceinte, j'étais au comble du bonheur et je me suis dit que ce devait être cela qui la perturbait. Mais le temps passant, force a été de reconnaître que la situation ne s'améliorait pas. Après la naissance de notre fils, nous étions devenus comme des étrangers l'un pour l'autre. Notre mariage n'était plus qu'un simulacre, mais Ari m'a redonné goût à la vie..

— Elle ne vous a jamais expliqué ce qui n'allait pas ?

Une infinie tristesse marquait les traits d'Andreas..

— Jamais. Mais à cause d'Ari, je n'ai pas voulu envisager un divorce. Nous nous tolérions tant bien que mal, jusqu'à cette nuit où Ari s'est réveillé en hurlant de douleur. Nous l'avons emmené aux urgences. Il faisait une occlusion intestinale..

— Oh ! Le pauvre, si petit !.

— Il a fallu l'opérer, et nous avons dû communiquer nos groupes sanguins.

Brusquement, Zoe devina quelle serait la suite. Depuis le début, elle était persuadée qu'il s'était produit un événement grave et que son épouse culpabilisait..

— C'est à ce moment-là que vous avez découvert ce qu'elle vous cachait ?

Andreas plongea son regard dans le sien..

— Ari a eu besoin d'une transfusion, et j'ai voulu donner mon sang, mais les médecins n'en ont pas voulu. Après l'opération, le chirurgien a demandé à me voir et il m'a expliqué qu'Ari ne pouvait en aucun cas être mon fils.

Zoe ferma un instant les yeux..

— Cette révélation a dû être insupportable….

— Oui, ce fut un coup terrible. Mais, au moins, j'ai compris pourquoi notre mariage allait à vau-l'eau.

Andreas lui raconta très vite le reste de l'histoire. Lia avait couché une fois avec un autre homme avant leur mariage, durant la soirée d'enterrement de sa vie de jeune fille. Elle avait beaucoup bu.

Zoe en eut la nausée. Elle imaginait la douleur qu'avait dû éprouver Andreas..

— Maintenant, Lia ne veut pas divorcer. Elle me supplie de donner une seconde chance à notre mariage, mais la confiance est rompue, et j'ai cessé de l'aimer..

— Je sais ce que c'est que de ne plus avoir confiance, affirma Zoe..

— Elle n'a toujours pas renoncé. Elle veut que je revienne. Sa première réaction a été de partir à Athènes et elle m'a menacé de ne plus me laisser voir Ari. C'était absurde, évidemment. Le juge a tranché et a décidé d'une garde partagée..

— Voilà pourquoi vous allez à Athènes aussi souvent.

Andreas acquiesça d'un signe de tête..

— Ari est petit, et je n'ai pas eu envie de lui faire faire des allers retours incessants, même en jet. Il vaut mieux que ce soit moi qui fasse le trajet. Jusqu'à présent, tout a bien fonctionné. Je me suis installé dans la suite privée de l'hôtel Gavras, j'en ai fait un second chez moi. Mais j'ai l'intention de changer les choses très bientôt..

— Que comptez-vous faire ?.

— Lia a acheté une villa à Athènes et elle m'a demandé de l'argent pour les travaux. Une somme assez importante. Je la lui ai donnée et j'espère qu'elle a terminé son installation et qu'elle quittera bientôt le domicile de ses parents. Dès que je constaterai que c'est fait, qu'elle est installée chez elle, je la ferai convoquer par le juge pour revoir notre accord concernant Ari..

— Vous pensez qu'elle voudra bien ?.

— Non. Elle se battra jusqu'au bout, mais elle perdra la partie. Elle ne travaille pas et n'a aucun moyen de subsistance, en dehors de l'argent de ses parents. Moi, en revanche, je gagne de quoi vivre. Le juge comprendra que je veux Ari à Patras avec moi. Je demanderai un accord à parts égales, huit jours chacun. Ainsi, je pourrai voyager lorsque Ari sera chez sa mère et travailler à mi-temps lorsqu'il sera à la maison avec moi. Ari grandit, ça devrait aller, pour les voyages entre sa mère et moi..

— Je suis certaine qu'il va adorer être avec vous, Andreas. Vous avez remué ciel et terre pour faire en sorte que ce soit possible..

— Malheureusement, ce n'est pas encore fait. Voilà pourquoi j'ai tenu à vous parler de Lia. Il vaut mieux que vous soyez prévenue à son sujet.

Un petit carillon retentit et le voyant demandant d'attacher les ceintures se mit à clignoter. Zoe s'exécuta..

— Est-ce que l'homme avec lequel elle a couché est au courant de ce qui s'est passé ?

Andreas se cala dans son siège et boucla à son tour sa ceinture..

— C'est possible, mais c'est une longue histoire. Je vous en parlerai demain, dans l'avion pour Athènes. Nous aurons tout le temps. Dans l'immédiat, je dois vous raccompagner au plus tôt chez vous, car il faut que je retourne à mon bureau. J'ai encore du travail..

— Je comprends.

Une demi-heure plus tard, Zoe était chez elle et regrettait qu'Andreas ait dû s'en aller. Après lui avoir déposé un baiser sur la joue à la porte de l'immeuble, il l'avait laissée seule, et elle n'avait cessé de songer à toutes ses révélations. Elle ressentit soudain le besoin de parler à quelqu'un et attrapa son portable.

20 heures cela voulait dire 19 heures en Bourgogne. Parfait !

Abby, s'il te plaît, réponds !

Hélas, elle n'eut droit qu'à la boîte vocale. Elle laissa un message demandant à Abby de la rappeler.

Une heure plus tard, tandis qu'elle préparait ses bagages pour Athènes, son téléphone sonna..

— Zoe, j'espérais que tu m'appelles. Alors, raconte ! Comment ça se passe ?.

— Je te remercie, tu as bien fait de me pousser à revenir à Patras. Tu ne peux pas savoir comme je suis heureuse de t'avoir écoutée ! J'étais avec Andreas hier soir, et toute la journée d'aujourd'hui. Il m'a demandé de l'accompagner à Athènes, demain. Je vais faire la connaissance de son fils..

— Je te sens métamorphosée, Zoe !.

— Il… Il était heureux que je sois revenue, et nous nous sommes mutuellement avoué que nous éprouvions des sentiments l'un pour l'autre..

— Si je comprends bien, je ne vais pas te voir de sitôt. Promets-moi seulement de me donner des nouvelles… Si toutefois tu trouves deux minutes pour redescendre de ton nuage !

Zoe ne put s'empêcher de rire..

— Je le ferai, je te le jure. Eh, Abby ? Avant de raccrocher, dis-moi comment ça va, toi..

— Nous nous employons à faire un bébé, voilà les nouvelles !.

— Vous en avez, de la chance ! lança Zoe, attendrie..

— Je suis tellement amoureuse de Raoul que c'en est effrayant. Fais attention, Zoe !.

— Je crains que l'avertissement n'arrive un peu tard.

Bien trop tard, lui souffla son cœur..

— Bonne chance à vous deux ! J'espère apprendre bientôt la bonne nouvelle ! Je me demande qui va avoir un bébé la première, toi ou Ginger.

Cette réflexion fit beaucoup rire Abby. Zoe raccrocha et se prépara à se mettre au lit. De nouveau, elle ne pensait plus qu'à revoir Andreas et à passer du temps avec lui. Elle se demandait si elle allait pouvoir trouver le sommeil.

Il avait beaucoup souffert. Entre la perte de ses parents et la trahison de Lia, elle s'émerveillait qu'il ait pu avoir le courage et l'énergie d'avancer. Et le coup de grâce, ensuite, en apprenant qu'Ari n'était pas son fils… Il fallait être fort, d'une trempe hors du commun, pour pouvoir affronter autant d'épreuves.

Zoe se glissa dans son lit et, contrairement à ce qu'elle avait redouté, elle sombra très vite dans le sommeil.

À 7 h 30, dès qu'elle entendit la sonnerie du réveil de

son portable, elle sauta hors du lit, se doucha et s'habilla. Elle choisit de porter un pantalon crème et un chemisier bleu marine à petites manches froncées dont elle adorait l'imprimé fleuri crème et blanc. C'était une tenue à la fois féminine et très confortable. L'idéal pour se trouver en compagnie d'un jeune enfant.

Elle portait aussi des boucles d'oreilles, deux perles rondes bleu marine suspendues chacune à un délicat fil d'or. Lorsqu'elle se fut brossé une dernière fois les cheveux, les laissant retomber souplement comme à son habitude, elle appliqua un peu de gloss sur ses lèvres, saisit son sac et sortit..

— Andreas ! s'exclama-t-elle quand, en ouvrant la porte de l'immeuble, elle faillit le percuter.

Il la saisit par les bras pour l'empêcher de trébucher..

— *Kalimera*, Zoe. Vous êtes superbe !

Avant qu'elle ait eu le temps de se rendre compte de ce qui se passait, il se pencha et prit sa bouche avec une fougue qui lui coupa le souffle. Le corps parcouru de frissons, elle se sentit perdre pied et lâcha la poignée de sa valise, qui roula sur le sol..

— J'en avais tellement besoin…, souffla Andreas d'une voix rauque en effleurant une dernière fois ses lèvres.

Puis il se pencha pour récupérer la valise.

Zoe le regarda. Il portait une chemise tabac dont il avait roulé les manches et un pantalon blanc. Il était à tomber à la renverse, à la fois viril et de cette incroyable élégance dont lui seul avait le secret.

Il était venu en limousine. Le chauffeur s'occupa de la valise tandis qu'Andreas la précédait pour lui ouvrir la portière. Mais avant qu'elle ait eu le temps de monter dans la voiture, il l'attira à lui et prit de nouveau sa bouche..

— Mon mariage s'est terminé avant même d'avoir commencé, brisant tous mes rêves. Je ne sais pas ce qu'il en est pour vous, mais, dès que j'ai su que vous aviez appelé mon bureau, je me suis mis à rêver, à croire de nouveau au bonheur. Ce qui, en soi, est déjà un miracle. Je suis tellement heureux que vous soyez là.

Zoe sentit l'émotion la submerger. Tout allait trop vite et elle fut effrayée par cette déclaration si soudaine. Avec Nate, tout était allé très vite aussi. Elle s'était tellement précipitée lorsqu'il lui avait dit qu'elle comptait pour lui, qu'il l'aimait…

Zoe se ressaisit aussitôt. Il ne fallait pas qu'elle perde son calme. Ce n'était pas comme si Andreas lui avait demandé sa main. Toutefois, ce qui se passait en elle et dans sa tête devenait de plus en plus compliqué.

5

Andreas se glissa sur le siège à côté de Zoe et lui prit la main tandis qu'ils se dirigeaient vers l'aéroport..

— Il faut que vous sachiez à quoi vous attendre lorsque nous arriverons à mon hôtel, à Athènes, lui dit-il. Lia accompagne toujours Ari jusqu'à ma suite, au troisième étage. Lorsque vient pour lui le moment de repartir, elle vient le chercher. Je sais pourquoi elle agit ainsi. Elle espère que je vais changer d'avis et reprendre la vie commune..

— Vous préférez peut-être que j'aille d'abord dans ma chambre et que j'attende que vous me téléphoniez ?.

— Non. Je préfère que vous soyez avec moi. Sauf, bien entendu, si la situation vous met mal à l'aise. Je suis persuadé que Lia est au courant pour vous, mais elle sera surprise de vous rencontrer. Ne vous laissez en aucun cas intimider par ce qu'elle pourrait dire..

— Ce qui me fait le plus peur, ce n'est pas elle, c'est de dire ou de faire quelque chose qui perturbe Ari. Comme je ne connais que quelques mots de grec, vous allez devoir traduire..

— Ce sera un plaisir. Mais ne vous faites aucun souci à son sujet : quand vous lui donnerez son cadeau, il sera tellement heureux qu'il ne se préoccupera de rien d'autre.

Vous avez vraiment eu une excellente idée en choisissant ces jouets..

— Quand je les ai achetés, je n'imaginais pas rencontrer Ari un jour. De toute façon, je ne risquais pas trop de me tromper. Il m'a l'air d'être un petit garçon plein de joie de vivre et très joueur..

— Il ne manque pas d'énergie, c'est le moins que l'on puisse dire. Il aime les jouets et adore s'amuser, à se cacher, notamment.

Ils atteignirent bientôt l'aéroport, et Andreas aida Zoe à monter dans le jet. Il demanda aussitôt au steward de leur servir le petit déjeuner dès qu'ils auraient décollé. Le vol ne durait que quarante-cinq minutes, et il y avait des questions dont il voulait absolument discuter avec Zoe avant leur arrivée.

Les plateaux débarrassés, il l'entraîna vers un canapé et s'installa à côté d'elle..

— J'éprouve une crainte encore plus grande que la vôtre, Zoe, celle de vous catapulter dans une situation qui pourrait devenir difficile. Mais je déteste la dissimulation et les secrets..

— Je partage votre aversion. J'imagine que cela a à voir avec le père biologique d'Ari..

— Vous m'avez dit que j'étais perspicace, mais je crois que vous l'êtes davantage que moi. Comme Lia ne voulait rien me dire au sujet de cet homme, j'ai engagé un détective privé. Il a découvert qui s'était. Il est issu d'une famille française de Marseille. Une famille très influente de par son activité dans les communications et les transports maritimes. J'ignore encore quel type d'homme il est et quelle est sa situation personnelle, mais il pourrait parfaitement demander à partager la garde d'Ari. Et ce n'est pas tout : la possibilité existe, malheureusement, qu'il réclame la garde exclusive. Mais cela pourrait tout aussi bien ne pas l'intéresser. C'est ce que croit Lia ou, tout du moins, ce dont elle veut se persuader.

Zoe secoua la tête..

— Je n'imagine pas qu'un père puisse ne pas s'intéresser à son enfant, à ce petit être issu de sa chair et de son sang. Mais nous savons qu'il existe des milliers d'exemples où ce n'est pas le cas.

Andreas pinça les lèvres..

— Le problème, c'est que Lia ne veut absolument pas le mettre au courant de l'existence d'Ari. Elle redoute un scandale et les répercussions que cela pourrait avoir sur ses parents, qui sont des gens très en vue dans la bonne société d'Athènes. C'est aussi pour ça qu'elle ne cesse de me supplier de reprendre notre vie commune..

— Je ne suis pas étonnée, Andreas. Je suis certaine qu'elle regrette ce qu'elle a fait..

— C'est évident. Mais il faut qu'elle se rende compte que cet homme a tout à fait le droit de savoir qu'il a un fils..

— Bien sûr ! s'exclama Zoe, la voix pleine d'émotion,.

— Lorsque j'ai averti Lia que j'avais découvert l'identité du père d'Ari et que j'avais la ferme intention de lui révéler toute la vérité si elle-même ne le faisait pas, elle m'a menacé, une fois de plus, de demander la garde exclusive d'Ari.

Zoe se tourna vers lui. Il la sentit tendue, ulcérée par l'attitude de Lia..

— Elle ne peut pas vous prendre votre fils !.

— C'est vrai. La loi ne le permettrait pas, mais elle savait ce qu'elle faisait en allant s'installer à Athènes. Elle savait que toute mon activité était centrée sur Patras.

Zoe poussa un soupir..

— Si elle a pensé pouvoir vous faire céder, vous vaincre en vous mettant des bâtons dans les roues, en essayant de vous empêcher au maximum de voir Ari, c'est qu'elle ne vous connaît pas.

Dans le regard bleu de Zoe, Andreas pouvait lire toute la compassion qu'elle éprouvait pour lui et son fils..

— Cet homme savait-il que Lia était votre fiancée ?.

— Lia m'a dit qu'elle avait retiré sa bague pour cette fameuse fête. Mais j'ai peine, malgré tout, à imaginer qu'il n'ait pas été pas au courant. C'était son enterrement de vie de jeune fille !.

— Cela m'étonnerait moi aussi, surtout quand on sait qu'elle était sur le point d'épouser un homme aussi connu que vous. Toutes les personnes qui participaient à la fête devaient savoir qu'elle jouait avec le feu. Quel genre d'homme faut-il être pour agir ainsi ? lança Zoe d'un ton réprobateur..

— Je l'ignore, murmura Andreas. Il devait connaître Eliana, la meilleure amie de Lia. C'était sur son yacht qu'avait lieu la fête. J'ai demandé à Lia si elle pensait que son amie était au courant pour Ari, si elle savait qu'il n'était pas mon fils. Elle m'a répondu que c'était probable, mais qu'elle ne dirait jamais rien. Nous savons, vous et moi, ce que valent ces promesses. Eliana pourrait à tout moment révéler la vérité..

— Si tel était le cas, ne pensez-vous pas que vous auriez déjà entendu parler de cet homme, à l'heure qu'il est ?.

— Je ne sais pas, mais je n'ai pas envie de vivre dans la crainte de recevoir un beau matin un coup de fil de son avocat, parce que Lia aura refusé de lui dire la vérité. Elle ne se rend pas compte que la situation se retournera contre elle s'il apprend un jour l'existence d'Ari.

Zoe poussa un soupir..

— Si vous ne faites pas le bon choix, cette histoire pourrait s'avérer très traumatisante pour vous trois, sans parler du bouleversement qu'elle ne manquerait pas de provoquer chez le père biologique..

— C'est pourquoi il est impératif qu'il sache la vérité au plus vite..

— Je suis entièrement d'accord avec vous, Andreas. La nouvelle pourrait lui procurer une grande joie, même si, pour vous, le mettre au courant de sa paternité sera un crève-cœur.

Andreas glissa un bras autour des épaules de Zoe et l'attira plus près de lui..

— Je savais que vous diriez cela. Je suis conscient qu'il vous a fallu beaucoup de temps, à vous, pour dépasser le traumatisme que représentait le fait de ne pas connaître vos parents biologiques. Mais ne vous inquiétez pas pour moi. Depuis le jour de l'opération d'Ari, j'ai eu le temps de me faire à l'idée que je pourrais avoir un jour à partager son amour..

— Vos grands-parents sont-ils au courant ?.

— Oui, et ils sont dévastés, mais ils comprennent que c'est ce qu'il faut faire. Naturellement, quand Ari sera en âge de comprendre, on lui dira toute la vérité de toute façon. Moi, Lia, ou peut-être même son père. Le récit si douloureux de ce que vous avez vécu m'a convaincu, je veux qu'Ari sache tout sur le sang qui coule dans ses veines. Il a des grands-parents, des oncles et des tantes, des cousins, peut-être même des demi-frères ou des demi-sœurs dont il ignore pour le moment l'existence.

Zoe lui prit les mains et les serra dans les siennes, mais Andreas dut s'écarter très vite. Le carillon avait retenti, et le voyant leur intimant d'attacher leurs ceintures s'allumait. Il lui posa un baiser sur la joue, et ils regagnèrent leurs fauteuils, puis il l'aida à boucler sa ceinture..

— Nous avons amorcé la descente..

— Je ne m'en étais même pas rendu compte..

— Parce que vous étiez trop occupée à me réconforter.

La compassion et la sensibilité de Zoe étaient une révélation pour Andreas. Personne, jusqu'à présent, ne lui avait jamais prodigué pareil réconfort.

Ils atterrirent quelques minutes plus tard. Le steward porta leurs bagages jusqu'à la limousine, et ils prirent le chemin du centre-ville.

Le Gavras House d'Athènes était un imposant bâtiment de trois étages, construit dans le style néoclassique du XIXe siècle. Bien qu'il soit très luxueux, Zoe trouva que cet hôtel n'était guère adapté pour accueillir un petit enfant, mais il était évident qu'il rendait provisoirement service à Andreas. Ce dernier lui avait fait préparer une chambre au deuxième étage, près de l'ascenseur pour en faciliter l'accès.

C'est là qu'ils se rendirent en premier.

À peine eut-elle poussé la porte que Zoe s'immobilisa, émerveillée..

— Oh ! Quelles fleurs magnifiques ! s'exclama-t-elle en apercevant le bouquet sur la table basse du petit salon dans lequel ils avaient débouché. Des jonquilles et des marguerites ! C'est vous qui les avez fait apporter pour moi ?

La réaction de Zoe fut la plus belle récompense pour Andreas. Il posa la valise..

— En Grèce, ces deux fleurs symbolisent l'espoir et les nouveaux départs. C'est ce que représente cette journée, puisque vous allez rencontrer mon fils.

Zoe croisa son regard et le soutint..

— Elles sont superbes, et je les adore ! Merci beaucoup ! Maintenant, si vous permettez, je vous laisse, le temps de me rafraîchir. Je reviens tout de suite.

Elle s'éclipsa dans la chambre voisine et fut de retour à peine quelques minutes plus tard. Elle s'approcha des fleurs pour les contempler encore et en humer le parfum, puis elle suivit Andreas pour gagner le troisième étage et sa suite.

Lorsqu'elle pénétra dans la première pièce, elle ne put dissimuler sa surprise..

— Vous avez transformé cet endroit en un véritable paradis pour enfants ! s'exclama-t-elle..

— N'exagérons rien ! Je n'ai fait que reproduire l'environnement auquel il est habitué à la villa. Tout retournera là-bas quand la situation changera, une fois que nous aurons revu les termes de la garde avec le juge.

Andreas posa sa valise sur le canapé et en sortit la pochette cadeau qui contenait les jouets pour Ari. Il la posa sur la table basse..

— Excusez-moi un instant, dit-il à Zoe.

Il gagna sa chambre. Lorsqu'il revint, il la trouva agenouillée auprès d'un gros tambour dont la surface était peinte de grands cercles de couleur. Elle s'essayait à tester différents sons.

Elle leva les yeux à son approche et lui sourit..

— C'est un très beau jouet, commenta-t-elle. Ari s'amuse-t-il beaucoup avec ?.

— Pas autant qu'avec le camion en bois et les cubes. Il s'amuse à les transporter et, lorsque c'est fait, il les récupère méthodiquement et les emporte ailleurs. Il ne se fatigue jamais de ce jeu..

— Peut-être dirigera-t-il un jour une entreprise de transport et de livraisons ? Une société liée aux vôtres. La Gavras International Express, qui sait ? plaisanta Zoe..

— Pourquoi pas ? répondit Andreas.

Et ils en riaient tous deux lorsqu'on frappa à la porte. Un son qu'Andreas connaissait bien..

— Ce sont eux, dit-il.

Zoe se leva, le tambour à la main..

— Prête ? demanda Andreas.

Elle acquiesça d'un signe de tête.

Le cœur de Zoe battait très fort lorsque Andreas ouvrit la porte. Elle vit le petit garçon aux cheveux noirs se précipiter aussitôt vers lui. Andreas le souleva dans ses bras et lui murmura des mots tendres en grec, et elle entendit Ari dire *baba* à plusieurs reprises tandis qu'ils s'étreignaient.

Lia entra et passa devant eux sans s'arrêter. C'était une femme somptueuse, grande et brune, qui portait une robe décolletée rose vif. Elle avait vu Zoe et s'avança directement vers elle. Zoe se réjouit qu'Andreas l'ait mise en garde contre ce que Lia était susceptible de faire.

Andreas les rejoignit immédiatement, Ari dans les bras..

— Lia, je te présente Zoe Perkins, une amie américaine. Elle enseigne la littérature anglaise à l'université d'UCLA..

— C'est ce que j'ai entendu dire, en effet.

Zoe constata qu'Andreas ne s'était pas trompé. Son épouse était déjà au courant..

— Zoe, Je vous présente la mère d'Ari, et puis notre fils, poursuivit-il..

— Enchantée de faire votre connaissance, *kyria* Gavras, dit Zoe.

Après tout, Lia était encore son épouse et portait donc le nom de Gavras..

— Moi de même, *kyria* Perkins, répondit Lia dans un anglais parfait..

— Vous avez un adorable petit garçon..

— Merci.

Zoe sourit à Ari..

— *Yassou*, Ari.

Elle avait appris quelques mots et « bonjour » en faisait partie.

Ari fixa le tambour qu'elle tenait dans ses mains. Il se mit à gigoter, et Andreas le laissa descendre et le posa sur le sol. Zoe lui tendit aussitôt le tambour, et il s'assit pour jouer avec. Il n'avait pas l'air d'apprécier qu'elle le lui ait pris. Elle décida donc de tenter une approche. Elle saisit la pochette cadeau sur la table basse et la posa devant lui.

Zoe découvrit son adorable petite frimousse lorsqu'il leva vers elle un regard plein de surprise. Elle s'accroupit et sortit le cadeau qu'Andreas avait remballé à la hâte..

— C'est pour toi, dit-elle en écartant légèrement le papier.

Elle laissa Ari terminer de l'ôter, consciente pendant toute l'opération que Lia avait le regard rivé sur eux.

Ari eut tôt fait de découvrir son cadeau. Les trois petits camions apparurent. Avec cette précision méthodique dont Andreas lui avait parlé, Ari les aligna et, se mettant à quatre pattes, entreprit de les pousser tout autour du tapis. Zoe surprit le regard plein de tendresse qu'Andreas posait sur lui..

— Combien de temps comptez-vous rester en Grèce ? demanda soudain Lia.

La tension était en train de monter.

Zoe se leva. Elle-même n'avait pas la réponse à cette question..

— Je l'ignore encore, dit-elle.

À son grand soulagement, elle entendit Andreas adresser quelques mots en grec à Lia puis l'entraîner vers la porte. Ari ne s'était aperçu de rien. Il était trop occupé à s'amuser avec ses nouveaux jouets.

Lorsque Andreas sortit dans le hall, Zoe s'agenouilla de nouveau et, saisissant un petit camion, elle le poussa et vint percuter celui d'Ari. Il leva la tête et la fixa un instant, avant d'attraper le troisième et de percuter les deux autres. Zoe saisit le premier. Ça y était, la guerre était déclarée ! Chaque fois qu'elle percutait un camion, Ari riait et ripostait en faisant de même.

Bientôt Andreas les rejoignit et se jeta dans la bagarre. Le petit garçon s'amusait comme un fou et riait tellement qu'il finit par attraper le hoquet. Le départ de Lia n'avait pas posé de problème. Il était évident qu'Ari adorait son père..

— Il est temps d'aller déjeuner, annonça bientôt Andreas. Nous allons descendre au restaurant, puis au retour nous jouerons encore un peu avant de mettre Ari au lit pour sa sieste. J'ai préparé son petit lit pliant dans la deuxième chambre, avec son ours et son lapin en peluche préférés..

— Je peux vous assurer qu'il ne va pas tarder à s'en échapper en enjambant le bord.

Andreas sourit..

— Je m'attends à entendre un bruit de chute un de ces jours, oui. Lorsqu'il sera de retour à la villa, avec moi, je lui installerai une vraie chambre.

Le repas fut un grand moment de joie. Andreas faisait de chaque plat un jeu. Ils s'amusèrent beaucoup tous les trois. L'amour qu'Andreas portait à son fils faisait plaisir à voir. Il y eut encore quelques minutes de jeu au retour dans la suite. Puis Andreas emmena l'enfant dans la chambre afin de le coucher pour sa sieste..

— Désolé d'avoir mis autant de temps, dit-il en revenant au salon.

Zoe était en train de ramasser les jouets et de mettre un peu d'ordre. Elle leva les yeux vers lui et fut, une fois de plus, bouleversée en le voyant, si viril, si séduisant, avec ce sourire éclatant qui lui faisait battre le cœur..

— Cela n'a rien d'étonnant. Avec un père aussi aimant et aussi prompt à jouer, comment voulez-vous qu'il ait envie de dormir ? Ce petit garçon est un trésor, Andreas..

— Vous avez été merveilleuse avec lui..

— En tout cas, il n'a pas eu l'air ni dérangé ni effrayé par ma présence..

— Bien au contraire. Il s'est tout de suite senti en confiance..

— Et Lia ? Comment a-t-elle pris ma présence ? Était-elle contrariée ?.

— Oui. Après vous avoir vue, elle m'a dit qu'elle avait de nouveau besoin d'argent. Pour son déménagement, cette fois. Je lui ai dit qu'il n'était pas question que je lui en donne et que je la verrais après-demain, à la même heure, lorsqu'elle viendrait chercher Ari.

Il poussa un soupir..

— Tiens, reprit-il, pendant qu'il dort, je vais appeler Yorgos. Il va faxer dès aujourd'hui ma demande de changement de garde et organiser au plus tôt un rendez-vous avec le juge.

Zoe craignait qu'Andreas ne soit pas au bout de ses peines. Lia avait de toute évidence l'intention de le faire souffrir encore longtemps..

— Et si elle refuse ?.

— Pour des raisons très évidentes, le juge statuera en ma faveur et elle devra se ranger à sa décision. Vous m'excusez si je disparais quelques minutes dans ma chambre ?.

— Bien sûr. J'ai moi-même un coup de fil à passer de mon côté..

— Abby ou Ginger ?

Zoe se mit à rire..

— Ni l'une ni l'autre. La nouvelle *signora* della Scala se trouve toujours en voyage de noces. Lorsqu'elle sera de retour, nous avons prévu d'avoir une longue conversation toutes les trois. Quant à aujourd'hui, il se trouve qu'il y a très longtemps que je n'ai pas fait le point avec Harriet..

— Harriet ?.

— C'est la secrétaire du département de littérature à UCLA. Elle saura me dire si la date d'août a été fixée pour la soirée que le doyen donne chaque année pour inaugurer le semestre d'automne. Par ailleurs, s'il y a des nouvelles intéressantes, elle m'en fera part. Le département ne pourrait pas fonctionner sans elle.

Le silence retomba quelques instants..

— Après une si longue interruption, dit finalement Andreas, êtes-vous impatiente de reprendre votre enseignement ?

Zoe se demanda quelle serait sa réaction si elle lui avouait n'avoir aucune envie de le quitter..

— Pour être tout à fait honnête, j'ai passé des moments tellement merveilleux avec vous, ici, en Grèce, que je n'y ai pas vraiment songé..

— Tant mieux, parce que j'ai beaucoup de projets pour nous, avec Ari et… sans lui, également, murmura Andreas.

Zoe sentit son cœur se serrer.

Ces paroles auraient dû susciter en elle une joie indicible, mais il y avait Lia. Lia qui ne semblait pas avoir perdu l'espoir de convaincre Andreas de revenir avec elle, de donner une seconde chance à leur mariage. Pourquoi, sinon, serait-elle en train de faire tout ce qui était possible pour s'accrocher à lui ?.

— J'ai hâte de découvrir Athènes avec vous deux, dit Zoe. Ce sera tellement différent de l'époque où j'y suis venue seule et où je consacrais pratiquement tout mon temps à mes recherches.

Le regard sombre d'Andreas brilla d'un éclat soudain.

— Je vous le garantis, dit-il. Ari ne va pas dormir plus d'une heure. J'ai bien peur qu'il perde bientôt l'habitude de faire la sieste, d'ailleurs..

— J'ai fait beaucoup de baby-sitting et je sais que cet âge passe très vite. Plus vite qu'on ne le croit..

— C'est pourquoi j'ai envie de passer encore plus de temps avec lui, de l'avoir pour des périodes plus longues, pour le voir grandir..

— Je vous comprends parfaitement..

— Lorsqu'il va se réveiller, nous irons au zoo et nous prendrons le petit train. Pour lui, votre présence va donner un intérêt tout à fait nouveau à notre petite expédition. Ce sera plus excitant encore.

Andreas marqua une pause..

— Est-ce que je vous ai manqué pendant que j'étais avec lui ?

Zoe ne sut que dire. *Andreas...*

Les deux jours qui suivirent furent les plus heureux que Zoe ait jamais vécu. Andreas était si détendu, tandis qu'ils se promenaient et jouaient avec Ari, qu'il semblait avoir oublié ses soucis et paraissait incroyablement plus jeune.

Zoe ne prétendait pas vouloir remplacer en aucune manière la mère d'Ari. Elle était parfaitement consciente de sa place, ce qui ne l'empêcha pas de chérir chaque minute des moments précieux qu'Andreas lui permettait de partager avec eux.

Une fois Ari au lit, ils passèrent les deux soirées dans la suite, à regarder des films qui avaient été tournés dans la villa de Patras. On y voyait Ari à toutes les étapes de son développement, à tous les âges de sa jeune vie. Zoe y vit également ses grands-parents et d'autres membres de la famille, ainsi que Lia, bien sûr.

Ils offraient l'image d'une famille parfaite, mais Andreas lui précisa qu'ils n'avaient plus rien filmé après le retour d'Ari de l'hôpital. La révélation que lui avait faite le chirurgien avait mis sa vie sens dessus dessous. Il n'était pas le père biologique de son enfant, et son mariage était brisé. À peine Ari remis de son opération, il avait entamé la procédure de divorce, et Lia était partie s'installer chez ses parents, à Athènes. Dès lors, il n'avait plus eu qu'une seule préoccupation : continuer à voir Ari.

Les deux soirs, lorsque Zoe avait quitté la suite pour rejoindre sa chambre, Andreas l'avait raccompagnée jusqu'à sa porte et embrassée passionnément. Mais il ne l'avait pas tenue serrée dans ses bras bien longtemps et n'avait rien fait qui puisse les mener plus loin. Ce voyage à Athènes avait pour objectif premier de lui faire rencontrer Ari.

En outre, Zoe soupçonnait Andreas de vouloir absolument montrer à Lia qu'Ari ferait toujours partie intégrante de sa vie, même s'il rencontrait d'autres femmes. Elle était la première qu'il voyait depuis qu'il avait demandé le divorce, mais elle n'avait toujours pas la moindre idée de ce que l'avenir leur réservait, à l'un et à l'autre.

Il leur réservait un drame, en tout cas. Un drame qui éclata lorsque Lia apparut à la porte, pour chercher Ari. Zoe se tint en retrait tandis qu'Andreas conduisait l'enfant à sa mère. Celle-ci prit aussitôt Ari dans ses bras et lui parla en grec en l'embrassant.

Ari l'embrassa à son tour, puis il se trémoussa pour qu'elle le laisse descendre. Au lieu de cela, elle le serra plus fort contre elle..

— *Baba !* se mit-il à crier.

Puis il se tourna vers Zoe et l'appela par son nom, pour la première fois.

Elle en fut ravie, parce que Andreas lui avait appris à le dire et qu'il s'en souvenait. Mais elle imaginait aussi combien cela devait être douloureux pour Lia. Elle aimait son petit garçon, c'était plus qu'évident. Le serrant contre elle, elle tourna les talons et disparut précipitamment dans le hall. Andreas referma la porte, mais ils continuèrent d'entendre les cris désespérés d'Ari.

Andreas se tourna alors vers Zoe, et la douleur qu'elle lut sur son visage la bouleversa..

— Allons chercher votre valise dans votre chambre ! dit-il. La limousine nous attend en bas.

Il n'avait qu'une hâte, apparemment : quitter Athènes au plus vite. Zoe ne pouvait pas lui en vouloir. Plus que jamais, elle comprenait pourquoi il tenait tant à avoir son fils avec lui, dans sa maison à Patras, et pour des périodes qui ne se limiteraient pas à deux jours.

Sur le chemin de l'aéroport, Zoe aborda un sujet qu'elle regretterait peut-être d'avoir évoqué. Cependant, elle ne supportait pas de voir Andreas aussi malheureux. Il était assis en face d'elle, le visage fermé, soucieux..

— Avez-vous déjà envisagé de transférer vos bureaux à Athènes et d'y acheter une maison en attendant qu'Ari soit plus grand ? Vous pourriez le voir deux ou trois fois par semaine et un week-end sur deux sans avoir à faire d'incessants allers-retours.

Andreas poussa un grognement..

— C'est ce que Lia avait en tête lorsqu'elle a déménagé à Athènes. Elle espérait m'y faire venir. Mais Athènes, ce n'est pas chez moi. Mes racines sont dans l'ouest de la Grèce et c'est cet ancrage que je souhaite aussi pour Ari. Déménager ma société et toutes mes autres activités serait pure folie et…

Andreas s'interrompit..

— Pardonnez-moi, Zoe. Vous avez la malchance de me voir dans un des pires moments..

— Vous n'avez rien à vous faire pardonner. Quand Ari a dû vous quitter, tout à l'heure, il était très malheureux, lui aussi. Vous êtes pareils. Tel père tel fils.

Andreas secoua la tête..

— Avez-vous oublié que je ne suis pas….

— Non, je sais ce que vous allez dire. Mais vous êtes son père, et il est votre fils. J'étais là, je vous ai vus ! Ce qui vous lie et qui a commencé bien avant sa naissance est aussi profond que l'ADN. Il vous adore. Je l'ai même vu, par moments, essayer de vous imiter..

— M'imiter ? Moi ?.

— Oui. Quand vous lancez un ballon, par exemple. Et aussi jusque dans vos expressions, les mimiques que vous faites lorsque vous jouez ensemble. Si vous avez des doutes et si vous vous demandez encore s'il vous ressemble, croyez-moi, cessez de vous faire du souci. Beaucoup de gens ne ressemblent pas à leurs parents biologiques. Mais croyez-moi, je sais reconnaître une parenté d'un autre ordre. Et Ari tient de vous.

Andreas s'était calé contre son dossier et il regardait Zoe avec attention..

— Vous trouvez toujours les mots qu'il faut, Zoe. Merci ! Si vous n'êtes pas lassée de moi, peut-être accepterez-vous de faire un petit voyage en ma compagnie après notre retour à Patras ?

Zoe se sentit chavirer de joie. Heureusement qu'Andreas n'était pas assis à côté d'elle ! Sa question avait provoqué en elle une telle excitation qu'il n'aurait pas manqué de le remarquer..

— C'est pour votre travail ? demanda-t-elle..

— Sachez qu'il m'arrive de faire des choses pour le plaisir. J'aimerais vous emmener sur mon bateau. Je vous ferai découvrir les merveilles du golfe. C'est le lieu d'élection des dauphins aux flancs rayés bleu et blanc, je suis certain que cela vous plaira de les voir. Nous pourrons bien sûr nager et faire de la plongée. Tout ce qui vous fera plaisir. Qu'en pensez-vous ?

C'était trop beau pour être vrai..

— Vous pouvez vous permettre de prendre encore du temps loin de vos affaires ?

Andreas se rembrunit..

— Est-ce votre façon de me dire que vous n'avez pas envie de m'accompagner ?.

— Andreas…

Zoe se redressa, les mains posées sur les accoudoirs du fauteuil..

— J'essaie de me montrer raisonnable, de ne pas abuser de votre temps. Vous avez tant à faire !.

— Dans ce cas, je vais vous reposer la question et j'aimerais une réponse franche et directe, dit-il en la fixant droit dans les yeux.

Il n'était visiblement plus d'humeur à plaisanter..

— Je serai ravie de vous accompagner, reconnut-elle..

— C'est tout ce que je voulais savoir. Nous déjeunerons dans l'avion. De retour à Patras, je vais devoir passer à mon bureau..

— J'imagine..

— Mais je vous promets que je n'en aurai pas pour longtemps. Ensuite, je passerai vous chercher, et nous ferons quelques courses avant de gagner le port. Je suis plutôt bon cuisinier..

— C'est parfait ! Mais à bord ce sera chacun son tour pour la cuisine. Sera-t-il possible de pêcher ?.

— Je connais des endroits où nous pourrons attraper des vivaneaux avec mes lignes. Et même de l'espadon, qui sait ?.

— Fantastique ! Nous cuisinerons ce que nous attraperons. J'ai hâte d'y être !.

— Et moi donc !

6.

— Pour vous, c'est un bateau ? s'exclama Zoe, ses cheveux blonds balayés par la brise de mer.

Andreas venait juste de lui faire faire la visite..

— Oui !.

— Vous êtes passé maître dans l'art de l'euphémisme. Appeler bateau ce yacht magnifique, je dirais même un modèle du genre..

— N'exagérons rien. Il ne possède que deux cabines.

Zoe eut une moue amusée. Son regard bleu était plus lumineux encore que les eaux du golfe..

— Plus deux salles de bains, un dressing, une cuisine entièrement équipée, un grand séjour avec coin bureau pourvu d'une technologie de pointe..

— Certes, mais il est de taille suffisamment modeste pour que je puisse naviguer seul. Je n'ai pas besoin d'équipage et je n'en veux surtout pas..

— Je vous comprends. Quand vous avez envie de vous évader, vous ne voulez dépendre de personne. J'ai vu le nom que vous lui avez donné, inscrit à la proue. Malheureusement, je ne lis pas le grec, vous le savez.. Pouvez-vous me le traduire ?.

— *Amphitrite,* déesse de la mer et épouse de Poséidon..

— J'aurais dû me douter qu'il s'agissait d'une référence à la culture grecque, d'un hommage à votre civilisation.

Andreas lui tendit le gilet de sauvetage qu'il venait d'extraire d'un coffre situé sous une banquette du pont. Zoe l'enfila. Il la trouvait superbe, aujourd'hui, en jean et haut blanc..

— J'imagine qu'il plaît beaucoup à Ari, dit-elle..

— Je ne l'ai encore jamais emmené en mer avec moi..

— Ah bon ? Pourquoi ?.

— Lia avait un frère qui ne savait pas nager et qui s'est noyé il y a quelques années. Lorsque Ari est né, elle m'a fait promettre de ne jamais l'emmener sur l'*Amphitrite* tant qu'il ne saurait pas nager sans bouée ni brassards..

— Je la comprends. Quelle tristesse que cette disparition, pour elle et sa famille !.

— Je vais souvent jouer avec Ari dans la piscine de la villa. Dès que le problème de la garde sera réglé et que je pourrai l'avoir avec moi toute une semaine d'affilée, je compte bien lui apprendre à nager..

— Il va adorer cela, j'en suis persuadée..

— Nous verrons s'il apprend vite. Pour l'instant, en ce qui concerne ce voyage, c'est avec vous que j'ai hâte de nager. Venez vous asseoir près de moi.

Andreas avait largué les amarres et il était prêt à appareiller..

— Vous n'imaginez pas à quel point je suis heureuse de partir en mer avec vous, s'exclama Zoe en le rejoignant. C'est tellement merveilleux d'avoir terminé mes recherches et de ne plus avoir à me soucier de rien, de me sentir l'esprit libre !.

— Moi aussi, je ressens le besoin de faire une pause, de souffler un peu..

— Je comprends. Depuis que je vous connais, je vous

vois endosser nombre de responsabilités. Il faut l'énergie d'au moins dix personnes pour faire tout ce que vous faites.

Andreas lui sourit. Il y avait longtemps qu'il rêvait de partager un moment comme celui-ci avec elle. Il en avait rêvé dès leur première rencontre, mais il avait senti d'instinct qu'il ne fallait rien brusquer, qu'il devait laisser du temps au temps.

Lorsque Zoe était partie si brusquement pour Venise, il avait été si étonné et si déçu qu'il n'y avait pas cru. Ce n'était pas possible. Elle reviendrait. De toute façon, il n'était pas pensable qu'il la laisse partir ainsi..

— J'aimerais rejoindre une petite crique que je connais où nous pourrons jeter l'ancre et pêcher pour le dîner. L'heure sera parfaite, le poisson mord bien en soirée.

Andreas mit le contact, et ils quittèrent le port. Ils dépassèrent la première balise, puis il mit les gaz et sourit, ravi, lorsque Zoe prit une brusque inspiration, suffoquée par la vitesse. Le bateau semblait voler sur l'eau à présent..

— Le cadran indique une température de trente degrés. C'est fabuleux. Avec les eaux du golfe si calmes, on ne pourrait imaginer conditions plus idéales pour faire du ski nautique, fit remarquer Zoe.

Son enthousiasme enchantait Andreas. Elle aimait la vie et il semblait apprécier sa compagnie.

Il songea soudain combien la vie était étrange. Lorsqu'il avait rencontré Lia, il n'imaginait pas qu'il puisse exister un amour plus fort, plus profond. C'était parce qu'il ne connaissait pas encore Zoe. La force des sentiments qu'il éprouvait désormais pour cette femme l'avait totalement pris au dépourvu. Sa force de caractère, son empathie et sa bienveillance à l'égard de ses semblables la plaçait à part, au-dessus des autres. Et il savait, au plus profond de lui-même, dans chaque fibre de son corps, qu'il avait envie de traverser la vie à ses côtés..

— Demain, je vous emmènerai nager avec les dauphins.

Un sourire illumina le visage de Zoe..

— Maintenant, je sais que je suis en train de rêver. Ne me réveillez pas, je vous en prie ! Jamais !

Andreas ne s'y risquerait pas. Il était tellement heureux lui aussi, totalement transporté par sa présence..

— Je suis avec vous dans le rêve, moi aussi. L'auriez-vous oublié ?

Ils naviguèrent un moment en silence. Zoe était sous le charme, fascinée par la beauté du paysage. Bientôt, ils arrivèrent à la petite crique, l'endroit préféré d'Andreas, et il coupa le moteur. Entre deux escarpements rocheux s'étendait une plage de sable blanc. Il fut ravi de constater qu'il ne s'y trouvait personne et qu'ils seraient seuls..

— Quel lieu magnifique ! s'exclama Zoe en gagnant le bastingage.

Andreas jeta l'ancre, puis il s'approcha d'elle et l'embrassa dans le cou, lui caressant doucement la nuque de ses lèvres. Zoe se retourna alors et se glissa dans ses bras. C'était exactement ce qu'il avait espéré..

— Je ne peux plus attendre, murmura-t-il..

— Andreas…

Il étouffa ses mots. Il voulait sentir ses lèvres sous les siennes, le goût de sa bouche, un besoin devenu soudain aussi vital que l'air qu'il respirait. Zoe s'abandonna contre lui et répondit à son baiser avec toute la fougue dont elle était capable. Ils perdirent toute notion du temps, et ce fut hors d'haleine qu'Andreas finit par libérer ses lèvres irrésistibles, si douces, si envoûtantes..

— Zoe… Je pourrais… Sans ce gilet de sauvetage, je perdrais tout contrôle.

Les mains posées sur son torse, Zoe leva les yeux vers lui, un sourire aux lèvres. Elle n'imaginait certainement pas à quel point elle était attirante en cet instant..

— Mais, vous, vous n'en portez pas, murmura-t-elle.

Elle glissa les mains autour de son cou et l'attira vers elle. Puis elle se mit à effleurer son visage de ses lèvres, à l'embrasser lentement, avec volupté, attisant son désir. Si Andreas avait eu besoin d'une preuve, besoin de savoir si elle le désirait autant qu'il la désirait, il l'avait à présent.

Car, dans son corps, il y avait longtemps que le feu brûlait, que le désir d'elle le consumait, plus intense à chacune de leurs rencontres..

— J'espère ne pas vous effrayer si je vous dis que j'ai une envie folle de vous, déclara-t-il.

Zoe cessa de l'embrasser. Elle chercha son regard, le soutint puis laissa ses mains glisser sur les muscles souples de son torse.

— Je dois vous avouer qu'à l'instant même où je vous ai vu, avoua-t-elle, j'ai ressenti une irrésistible attirance pour vous. Et elle est toujours aussi vive. Mais je ne peux m'empêcher de penser au jour où votre désir pour moi faiblira.

Sa franchise concernant ce qu'elle éprouvait prit Andreas au dépourvu. Il la serra plus fort contre lui..

— Pourquoi dites-vous cela ? Sauriez-vous quelque chose que j'ignore ?.

— Depuis le début, je vous fais confiance, Andreas. À moins que vous ne m'ayez pas dit la vérité, je suis la première femme avec laquelle vous sortez depuis que vous avez mis votre divorce en route..

— Êtes-vous en train de me dire que vous doutez de moi ?.

— Non. Sinon, je ne me trouverais pas ici en ce moment. Mais il est connu que les divorcés ont besoin de temps pour faire le point, pour se trouver. Je suis seule depuis longtemps. Dans mon cas, c'est déjà fait. Je sais qui je suis. Contrairement à vous. J'ai eu l'occasion de rencontrer d'autres hommes, mais aucun qui ait été important pour moi. Quoi qu'il en soit, vous n'êtes pas encore remis de votre séparation, celle-ci est toute récente. Vous n'avez pas encore eu le temps de retomber sur vos pieds.

Elle se trompait, songea Andreas..

— Si je vous dis que j'ai eu vingt-deux mois, ce n'est pas mal, non ? Peut-être n'ai-je pas été suffisamment clair concernant l'aspect intime de mon mariage. Dès l'instant où Lia m'a dit qu'elle était enceinte, il n'y a plus eu de relation physique entre nous. Plus jamais. Maintenant, vous savez que j'ai eu beaucoup plus de temps que vous ne l'imaginez pour réfléchir à mon avenir pendant les heures sombres de mon défunt mariage.

Zoe détourna le regard..

— Je n'en avais pas conscience, mais cela ne change rien au fait que d'autres femmes entreront dans votre vie pendant que vous construisez un foyer pour Ari et vous..

— Depuis des années, où que je travaille, je suis entouré de très belles femmes auxquelles je ne suis pas sensible..

— Je n'en doute pas, mais vous comprenez très bien ce que je veux dire..

— Quoi que vous insinuiez, vous vous trompez. Ne me confondez pas avec votre ex-mari !

Zoe ferma un instant les yeux..

— Je vous assure que ce n'est pas du tout ce que je fais, dit-elle.

Il la croyait..

— Mais, dites-moi, reprit-il, qu'avez-vous l'intention de faire pendant que je serai occupé à « retomber sur mes pieds » ?

Il remarqua le nerf qui palpitait soudain dans le petit creux à la base de son cou..

— J'ai un travail qui m'attend en Californie, rétorqua-t-elle vivement.

C'est ce que vous croyez, songea-t-il.

L'enfance chaotique que Zoe avait vécue avant d'être

adoptée l'avait privée de tout sentiment d'appartenance, de stabilité. Et son mariage, à un très jeune âge, avec un pilote incapable de fonder une famille n'avait rien arrangé, la rendant aujourd'hui plus susceptible quant à ce que serait sa vie, plus à cran.

Andreas n'entendait pas chercher à savoir pourquoi aucun homme n'avait trouvé grâce à ses yeux depuis, ni pourquoi elle avait refusé de s'engager dans une relation. Ce n'était pourtant pas les opportunités qui avaient dû manquer. Plus il y pensait, plus il trouvait que son retour à Patras, après le voyage à Venise, tenait du miracle. Peu lui importait le prétexte qu'elle avait trouvé pour l'expliquer. Il savait, tout au fond de lui, qu'elle n'avait pas été capable de partir définitivement loin de lui..

— Et vous comptez vous accorder encore combien de temps en Grèce ?.

— Je ne sais pas. Pas encore. Pour l'instant, je suis ici avec vous et j'aime chaque instant de ce que je vis.

Andreas était heureux. Il avait espéré qu'elle se dévoilerait davantage, Il savait qu'elle avait bien plus à lui dire, mais ce qu'elle venait d'avouer était déjà beaucoup. Il fallait qu'il s'en contente. Il devrait procéder pas à pas..

— Je suis heureux de l'entendre, dit-il. Il y a encore beaucoup de choses dont je voudrais discuter avec vous, mais nous le ferons plus tard, je commence à avoir faim.

Le regard de Zoe s'illumina..

— Moi aussi !.

— Si je vous préparais une ligne ? Je vais choisir un leurre approprié, et nous verrons si ça mord.

Zoe le suivit vers l'arrière du bateau, là où il rangeait toutes ses lignes pour la pêche au lancer. Il saisit une grande boîte et l'ouvrit..

— Oh ! s'exclama-t-elle, c'est incroyable le nombre de leurres que vous avez ! Vous devez pêcher beaucoup..

— J'ai beaucoup pratiqué la pêche au fil des années, effectivement, en famille et entre amis. Bon, pendant que vous inspectez les leurres, je descends chercher une petite glacière.

Quelques instants plus tard, il était de retour..

— Avez-vous trouvé votre bonheur ? demanda-t-il. Y en a-t-il un qui vous plaît plus particulièrement ?.

— Celui-ci, répondit Zoe en désignant le noir à points roses..

— Il est très joli, en effet. Mais je crains qu'il ne soit guère efficace pour attraper un espadon. Il pourrait tout au plus nous permettre de ramener un bar, mais il n'y en a pas par ici..

— Dans ce cas, dites-moi lequel va opérer un miracle et nous faire attraper ce que nous voulons..

— Nous allons essayer celui-ci, déclara Andreas en saisissant un leurre simulant une petite anguille orange, qu'il attacha à la ligne. Si je lui adjoins un poids, le leurre va s'enfoncer exactement à la bonne profondeur. Lorsque vous aurez lancé et que vous commencerez à remonter la ligne, l'anguille va se tortiller, miroiter et rendre les espadons complètement fous.

Zoe se mit à rire, heureuse..

— J'ai hâte de le voir fonctionner. Vous lancez en premier ? J'aimerais vous regarder faire.

Andreas vivait un moment de pur bonheur. La compagnie de Zoe était une bénédiction. Sa spontanéité, son enthousiasme le ravissaient. Il acheva de préparer la ligne et lui fit une démonstration, mais elle remonta désespérément vide..

— J'essaie de nouveau, dit-il.

Finalement, il dut lancer quatre fois avant qu'une petite secousse ne vienne soudain l'avertir qu'un poisson mordait..

— Ça y est, j'en ai un !

Zoe sauta de joie tandis qu'il remontait lentement la

ligne. Le suspens était à son comble. Bientôt un espadon d'une quarantaine de centimètres apparut, vigoureux, se tortillant au bout de la ligne..

— La taille est parfaite, annonça Andreas.

Il l'attrapa, lui assena un coup sur la tête. Dès qu'il eut ôté l'hameçon, il mit sa prise dans la glacière. Puis il attacha de nouveau le leurre au bout de la ligne et tendit la canne à Zoe..

— À votre tour à présent ! Si du moins vous avez envie de dîner ce soir, ajouta-t-il, provocateur..

— Vous allez voir ! répliqua Zoe en lui décochant un regard de défi.

Elle lança, imitant au mieux sa technique. Malheureusement, au bout du cinquième lancer, elle était toujours bredouille..

— Qu'est-ce que je fais qui ne va pas ? s'enquit-elle d'un air désolé..

— Rien. En revanche, vous avez déjà pêché, ça se voit..

— Mon ex-mari m'a emmené une fois en bateau avec un groupe d'amis, mais c'était il y a longtemps..

— Et vous avez pris beaucoup de poissons ?.

— Pas que je me souvienne.

Andreas sourit..

— Ne perdez pas patience, persévérez. Il faut peut-être changer d'endroit..

— C'est une bonne idée.

Zoe se détourna et passa à bâbord pour lancer sa ligne. Bientôt, elle la sentit se tendre..

— Je crois que j'ai une prise ! s'écria-t-elle, radieuse..

— Remontez doucement la ligne, lui conseilla Andreas.

Bientôt, la prise apparut hors de l'eau..

— Il est plus petit que le vôtre, mais je le garde quand même..

— De quelques centimètres à peine. À présent, nous avons largement assez pour deux repas.

Andreas s'occupa du poisson. Cette fois, il dut prendre son couteau pour ôter l'hameçon qui était profondément enfoncé..

— Il ne risquait pas de s'en sortir, le pauvre petit, commenta Zoe.

Andreas se mit à rire et glissa le poisson dans la glacière. Zoe remit de l'ordre dans la boîte de leurres et la rangea avec les cannes..

— Descendons, si vous voulez bien, dit Andreas. Je vais vider le poisson et le mettre à griller..

— Pendant ce temps, je vais démarrer la cuisson des pommes de terre et des oignons..

— Le temps que le repas soit prêt, le soleil sera déjà bas et nous pourrons assister à son coucher en dînant sur le pont. Je ne connais rien de plus beau que de le voir disparaître à l'horizon, comme s'il plongeait doucement dans la mer.

Le regard sombre d'Andreas ne quittait pas Zoe. Il brillait d'une telle intensité et provoquait en elle un tel trouble qu'elle craignait que ses jambes ne se dérobent sous elle. Cet homme avait changé sa vie. Désormais, plus rien ne serait jamais pareil.

Je suis irrémédiablement amoureuse, corps et âme. Lorsque je serai de retour en Californie, je le sais, vous ne cesserez pas de me hanter. Mais folle que je suis, jusqu'à ce que je quitte la Grèce, j'ai l'intention de profiter pleinement du temps qui m'est accordé avec vous.

Elle quitta rapidement le pont pour gagner sa cabine afin d'aller se rafraîchir. Lorsqu'elle ressortit pour gagner la petite cuisine, Andreas avait déjà nettoyé le poisson et préparait le grill..

— Vous allez vite en besogne. Pourquoi ne suis-je pas surprise ?

Andreas lui décocha un sourire à tomber à la renverse..

— J'ai sorti une poêle. Les pommes de terre et les oignons se trouvent à côté de la planche à découper. Vous avez besoin d'autre chose ?.

— D'huile d'olive et d'un couteau.

Il les lui donna, et elle se mit au travail. Ils s'activèrent un moment de concert, puis, quand les légumes furent dans la poêle en train de frire, Zoe se tourna vers lui..

— Il me faut du sel, également.

Il tendit la main et attrapa un petit pot sur une étagère. Zoe chercha à lire la marque, mais tout était écrit en grec, évidemment. Lorsqu'elle ôta le couvercle, elle jeta un coup d'œil à Andreas..

— De quelle sorte de sel s'agit-il ?.

— De sel de mer, le plus pur de tous les sels..

— Je n'en ai encore jamais utilisé, dit-elle en saupoudrant légèrement les légumes..

— Il est beaucoup plus sain que le sel iodé et contient des minéraux essentiels dont notre corps a besoin pour demeurer en bonne santé.

Zoe le regarda, surprise..

— Vous travaillez dans le secteur du sel de mer, pour être aussi bien renseigné ?

Andreas acquiesça d'un signe de tête..

— Très tôt, mon père m'a mis en garde. Je ne devais pas mettre tous mes œufs dans le même panier, comme dit le proverbe. Je ne pouvais pas compter uniquement sur la branche hôtelière de l'activité familiale. On ne sait jamais ce qui peut arriver..

— Votre père était un homme sage et avisé..

— Je l'adorais. C'était mon mentor. Aussi ai-je suivi ses conseils. Très jeune, j'ai investi mes revenus et n'ai pas touché à cet argent..

— C'était une démarche intelligente et prudente, commenta Zoe.

Elle jeta un coup d'œil à la poêle. Les légumes étaient presque cuits..

— N'oubliez pas que je n'avais ni frères ni sœurs. Il représentait tout mon univers. À l'université, j'avais un professeur d'économie qui nous lançait des défis et poussait notre groupe à réfléchir à des opportunités commerciales qui ne se trouvaient pas nécessairement dans le secteur de la haute technologie ni dans celui, beaucoup plus risqué, des *bitcoins*..

— C'est une manière de penser peu conventionnelle..

— Il avait beaucoup de points communs avec mon père. Ils étaient sur la même longueur d'onde.

Andreas mit le poisson à griller..

— Je travaillais dans notre hôtel de Missolonghi à l'époque et j'ai entendu parler d'une usine pharmaceutique en grande difficulté, située près du port. Le propriétaire se trouvait dans une situation financière désespérée. Sur un coup de tête, j'ai contacté le cabinet d'avocats qui s'occupait de la liquidation. Je me suis renseigné et j'ai demandé la marche à suivre pour l'acquérir..

— Ce n'était pas un coup de tête, fit remarquer Zoe, mais plutôt l'inspiration géniale d'un esprit clairvoyant qui avait hérité du flair d'homme d'affaires de son père. Je suis impressionnée.

— Ne le soyez pas. Ça aurait pu être un fiasco..

— Oui, mais ça ne l'a pas été, sinon, je ne serai pas en train de tenir ce petit pot dans ma main. Racontez-moi ce qui s'est passé..

— Je me suis rendu compte que, si je devenais propriétaire, je pourrais utiliser l'usine à d'autres fins. Je me suis mis en rapport avec l'un des scientifiques qui y travaillait avant la faillite. Il m'a dit qu'il aurait tout donné pour pouvoir racheter le lieu et le transformer en usine de sel. Mais il ne possédait pas les fonds nécessaires.

Zoe ôta la poêle du feu..

— Continuez..

— Nous avons beaucoup discuté, tous les deux. Et plus nous avancions, plus j'étais persuadé que l'idée était bonne et que produire du sel pourrait marcher. Nous avions toute l'eau de mer du monde à disposition, il suffisait de la faire bouillir. Il fallait du combustible, et cela représentait beaucoup d'argent..

— Et Andreas Gavras, le fils obéissant qui avait mis son argent de côté, pouvait investir dans une entreprise qui n'était ni de haute technologie ni liée aux affaires de la famille, compléta Zoe. Vous avez bien retenu les leçons.

Andreas s'esclaffa..

— Après en avoir discuté avec mon père, j'ai acheté l'usine et engagé le scientifique dont je vous ai parlé afin qu'il m'aide à recruter le personnel nécessaire pour démarrer l'affaire..

— Ça n'a pas dû être évident..

— C'était une opération énorme. Il m'a fallu trouver des employés. Et puis, outre produire le sel, je devais décider où et comment le vendre. Les coûts publicitaires devaient être pris en compte dans le budget, ce qui voulait dire engager un directeur du marketing pour vanter les mérites du produit. C'est ce que j'ai fait. Saviez-vous qu'il apporte des nutriments qui maintiennent l'équilibre en eau de notre corps et aident nos nerfs et nos muscles à fonctionner correctement ?

Zoe se mit à rire..

— J'avoue ne rien connaître sur le sujet..

— Moi non plus je n'y connaissais rien, c'est pourquoi j'ai dû m'entourer d'experts. Après avoir décidé que je vendrais mon sel à des clients européens, j'ai pris toutes les dispositions pour acheminer le produit par camion et par train. Afin de pouvoir rejoindre les pays du pourtour méditerranéen, j'ai dû faire également affaire avec différentes compagnies maritimes qui viendraient chercher leur cargaison à Missolonghi..

— Je ne pense pas vous flatter outrancièrement en vous disant que ce que vous avez accompli est extraordinaire.

Andreas prit sa main et l'effleura de ses lèvres..

— Si je vous ai raconté toute cette histoire en détail, c'est qu'il y a une raison. Il y a dix ans, j'ai rencontré le P-DG des Messageries Norville, à Marseille, en France, et nous avons fait affaire. Depuis, nous avons toujours travaillé ensemble et avec succès..

— Attendez…, dit Zoe. Vous parlez d'une compagnie maritime à Marseille ?

Brusquement, le lien se fit dans son esprit..

— Vous voulez dire que le père d'Ari est…

Andreas acquiesça d'un signe de tête en voyant qu'elle avait compris..

— Quelle ironie du sort, n'est-ce pas ? De tous les hommes avec lesquels Lia aurait pu coucher….

— Mais vous ne l'avez jamais rencontré..

— Non. Le P-DG avec lequel j'ai fait affaire était probablement son grand-père. D'après mes informations, l'homme pourrait être un certain Guion. Toujours est-il que sa famille possède le type de fortune qui lui permettrait sans problème de poursuivre Lia s'il découvrait qu'elle a mis au monde son enfant et ne lui en a rien dit. J'attends de savoir quand le juge va statuer sur ma demande de droit de garde. Si Lia fait quoi que ce soit pour retarder la décision ou l'empêcher, je n'attendrai pas plus longtemps, j'irai voir Norville.

Zoe sentit son estomac se crisper tant elle était inquiète pour Andreas..

— Zoe ? J'aimerais avoir votre avis… Quelle serait la meilleure façon de l'approcher, selon vous ?.

— Oh ! Andreas... Je ne sais pas..

— Vous êtes la personne en laquelle j'ai le plus confiance et dont l'opinion m'importe le plus. En outre, j'aimerais que vous m'accompagniez en France.

Zoe demeura sans voix. Andreas était en train de préparer un plateau avec deux assiettes et des couverts. Zoe se rendit compte que le repas était prêt. Ensemble, ils servirent le poisson et les légumes. Puis elle ajouta des rondelles de citron et les petits pains qu'elle avait fait réchauffer.

Andreas lui jeta un regard par-dessus son épaule..

— Je monte le plateau. Je vous laisse vous charger du vin et des verres.

Zoe était profondément troublée, et ses mains tremblaient lorsqu'elle saisit la bouteille de vin et les verres et le rejoignit sur le pont. Ils s'assirent chacun sur une banquette, de part et d'autre de la table.

Andreas disposa les assiettes et servit le vin, un moschofilero blanc dont il lui avait vanté la provenance, les meilleurs vignobles du Péloponnèse, région sud de la Grèce.

Il leva son verre..

— Vous allez y déceler une note d'agrumes, de rose et peut-être aussi, une pointe de menthe poivrée, autant d'éléments qui constituent mon pays. Il va mettre en valeur la saveur de notre petit espadon de deux ans, né et élevé ici, dans les eaux grecques..

— Deux ans, dites-vous ?.

— Ses arrière-grands-parents se trouvent quelque part dans le secteur et ils mesurent probablement autour d'un mètre soixante.

Zoc se mit à rire et leva son verre..

— À l'espoir et aux nouveaux départs.

Andreas fit tinter son verre contre le sien..

— Merci de m'avoir accompagné, dit-il d'une voix

chaude et grave qui fit courir un délicieux frisson dans tout le corps de Zoe..

— C'est un privilège pour moi, Andreas.

Ils dégustèrent quelques gorgées de vin puis commencèrent leur repas. Le poisson était délicieux, et ils s'en régalèrent, ainsi que des légumes moelleux, délicieusement cuits.

Zoe leva les yeux de son assiette..

— Vous n'allez pas me croire, mais c'est le meilleur repas que j'ai fait de toute ma vie..

— J'allais vous dire la même chose ! De plus, le moment magique est arrivé. Regardez l'horizon !

Zoe se tourna vers l'ouest. Le soleil s'apprêtait à s'enfoncer dans la mer, parant le ciel de teintes inouïes, orange et rose, striées de filaments indigo. C'était d'une beauté à couper le souffle.

Lorsqu'elle se tourna de nouveau vers Andreas, il la considérait d'un air grave..

— Qu'y a-t-il dans tant de beauté pour vous rendre si sérieux ?.

— C'est toujours ce qui se passe lorsque je vous regarde..

— « Décidément, monsieur, il semblerait que vous ayez abusé du vin », dit Zoe, citant de nouveau les paroles de Jane Eyre, l'héroïne de Charlotte Brontë.

Comme elle l'avait fait au Naut-oiko, lorsque Andreas lui avait dit qu'elle était la plus belle femme de Grèce..

— Toutefois, j'ai toujours plaisir à entendre ce que vous dites, ajouta-t-elle..

— Certes. Mais, il vous est difficile d'accepter les compliments, répondit Andreas en étudiant intensément son visage.

Son regard insistant la rendit brusquement nerveuse..

— Alors, quelle est votre réponse, Zoe ? demanda-t-il soudain..

— Ma réponse ?

Son cœur s'emballa brusquement..

— À quelle question ?.

— Aux deux. D'abord, comment approcher Norville ? Et, ensuite, acceptez-vous de m'accompagner en France ? J'ai poursuivi des recherches par l'intermédiaire d'un détective privé en qui j'ai toute confiance, ici, à Patras, Gus Paulos. Il m'a dit que Guion habitait à Nice. Apparemment, il a travaillé dans les transports maritimes, puis dans l'immobilier. Aujourd'hui, il traficoterait dans d'autres domaines..

— Il est marié ?.

— Il s'est marié deux fois, mais il est séparé de sa seconde épouse..

— Il a donc connu un divorce, dit Zoe, songeuse..

— Oui..

— Il a des enfants ?.

— D'après Gus, un enfant de chacune de ses unions. Demain, je saurai si mon avocat a de bonnes nouvelles, si Lia accepte mes conditions. Dans le cas contraire, je vais prendre les choses en main et j'aimerais que vous m'accompagniez.

Zoe songea que, lorsque Andreas aurait parlé à cet homme, ce dernier saurait qu'il avait un autre enfant. Un fils, Ari..

— Je devine ce que vous pensez, dit Andreas. Le moment ne pourrait pas être plus mal choisi pour annoncer la nouvelle à Norville..

— C'est vrai. Mais je ne sais pas s'il existe un bon moment pour le faire.

Andreas resta un moment pensif, le regard perdu sur la mer..

— Compte tenu de ce que je vous ai appris à son sujet, pensez-vous toujours qu'il faille le lui dire ?.

— J'aurais préféré que vous ne me posiez pas la question. Je vois les choses du point de vue d'Ari. S'il apprend par vous toute la vérité sur son père biologique, il ne vous en aimera que davantage pour votre honnêteté, même si cette révélation est un choc pour lui. Mais s'il découvre par lui-même que vous n'êtes pas l'homme qui lui a donné la vie, j'imagine qu'il se sentira trahi, à la fois par vous et par sa mère..

— En d'autres termes, quoi qu'il se passe actuellement dans la vie de Norville, vous êtes d'avis que je dois le mettre au courant..

— Oui..

— C'est ce que je pense aussi. Maintenant, j'essaie d'imaginer comment j'aimerais qu'on me contacte si je me trouvais à la place de Norville. Si vous avez la moindre suggestion à ce sujet, je vous en serai reconnaissant..

— Laissez-moi y réfléchir ce soir, Andreas..

— Mais m'accompagnerez-vous à Nice ?

Zoe se leva et saisit la bouteille de vin et les deux verres..

— Je vous donnerai ma réponse demain matin.

Elle gagna la cuisine et commença à mettre de l'ordre. Andreas la rejoignit bientôt. Il mit les verres, les assiettes et les couverts dans le lave-vaisselle.

Lorsqu'ils eurent fini de ranger, Zoe se tourna vers lui..

— Si vous n'y voyez pas d'inconvénient, je vais aller me coucher. Inutile que je vous dise que cette journée a été merveilleuse.

Le visage d'Andreas s'assombrit à ces mots..

— Elle l'a été, en effet, jusqu'à ce que je parle de Norville..

— Comment aurait-il pu en être autrement ? Vous ne pourrez vraiment avancer dans la vie que lorsque cette question sera résolue. Mon opinion est que le plus tôt sera le mieux. Ari est la personne la plus importante dans toute cette équation. Bonne nuit, Andreas.

Zoe passa devant lui pour gagner sa cabine, et il ne chercha pas à la retenir. Longtemps après s'être mise au lit, elle demeura, immobile, à réfléchir à sa propre existence.

Ses parents biologiques s'étaient désintéressés d'elle. Quant à sa première famille d'accueil, la seule chose que Nancy lui en avait dit, c'était qu'elle avait connu des difficultés financières et que les services sociaux avaient dû intervenir et la placer dans une autre famille, la leur.

Zoe était consciente que la situation d'Ari et la sienne étaient bien différentes. Toutefois elle savait que l'enfant aurait à livrer ses propres batailles en grandissant et qu'il était donc vital qu'Andreas lui consacre toute son attention, plutôt que de s'occuper d'elle.

En effet, depuis qu'ils s'étaient rencontrés, il manifestait l'envie permanente d'être en sa compagnie, et Zoe ne pouvait s'empêcher de se demander si ce n'était pas, pour lui, une façon de se distraire de la situation stressante qu'il vivait en ce moment. Avec le temps, il n'aurait peut-être plus envie ou plus besoin qu'elle soit à ce point présente dans sa vie.

Elle avait abandonné toute prudence et elle était revenue à Patras, souhaitant désespérément le voir une dernière fois. Le résultat n'était pas celui escompté. Ce retour n'avait abouti qu'à lui prouver à quel point elle était amoureuse de lui, combien les sentiments qu'elle éprouvait pour lui étaient profonds. Et faire la connaissance de son fils avait contribué à cimenter plus encore cet attachement.

Mais en lui demandant de l'accompagner en France Andreas la mettait en danger. C'était comme si elle se trouvait au bord d'un précipice, sans aucun filet de sécurité au-dessous au cas où elle tomberait, aucune garantie quant à l'avenir de leur relation. Comment pourrait-elle accepter de mettre son cœur en péril quand il demeurait encore tant d'obstacles à un possible bonheur ensemble ? Comment pourrait-elle s'impliquer davantage encore dans cette relation sans savoir du tout où elle allait ? C'était impossible.

Ce fut d'un sommeil très agité qu'elle dormit le reste de la nuit.

7

Andreas passa une nuit calamiteuse sur le pont. Il doutait même d'avoir dormi. Peut-être s'était-il assoupi brièvement une ou deux fois. Il n'aurait pas dû laisser Zoe regagner tout de suite sa cabine. Il aurait dû lui expliquer ce qui se passait en lui. Au lieu de cela, il lui avait demandé de l'accompagner à Nice et d'affronter avec lui une épreuve concernant son fils au dénouement plus qu'aléatoire.

Il songea au moment où Zoe était revenue de Venise. Il avait insisté pour savoir ce qu'elle ressentait. Elle avait fini par lui avouer qu'elle éprouvait des sentiments profonds pour lui et que cela l'effrayait. Mais qu'elle n'avait pu résister au besoin de revenir le lui dire en face.

Sa sincérité l'avait comblé de bonheur, lui qui éprouvait pour elle un amour si fort, si intense. Mais il n'avait pas su lui parler ni faire quoi que ce soit pour la rassurer concernant l'avenir. Un avenir qu'il espérait vivement partager avec elle. Seulement, sa vie était un tel chaos en ce moment, comment aurait-elle pu avoir confiance en lui ?

Lorsque le soleil commença à pointer au-dessus de l'horizon, Andreas descendit se doucher et se raser. Il enfila un short kaki et un T-shirt blanc et se rendit à la cuisine pour préparer le petit déjeuner. Ils le prendraient en bas.

Une heure plus tard, Zoe apparut, vêtue d'un short beige et d'un T-shirt blanc. C'était amusant, ils avaient opté pour un haut semblable. Toutefois, la façon dont le sien soulignait ses formes délicieusement féminines faillit lui faire lâcher sa tasse. Existait-il une femme plus séduisante, plus désirable ?.

— Hum… Quelque chose sent délicieusement bon, dit-elle..

— J'ai préparé du café grec selon ma recette, avec le marc au fond et la mousse au-dessus. Asseyez-vous, je vais vous servir..

— Merci. Après le repas d'hier soir, je suis étonnée d'avoir de nouveau faim..

— J'en suis ravi. J'ai préparé des petits pains et du yogourt pour accompagner nos œufs.

Andreas apporta bientôt le tout sur la table qu'il avait déjà dressée.

Zoe lui sourit avant de prendre place. Il s'installa en face d'elle, et ils commencèrent à manger..

— Tous mes compliments au chef, c'est délicieux ! s'exclama Zoe au bout de quelques bouchées..

— Merci, vous êtes polie..

— Non, je le pense vraiment. En quel honneur suis-je à ce point gâtée ? Existe-t-il quelque chose que vous ne sachiez pas faire ?

Andreas but une gorgée de café..

— Laissez-moi vous poser une question d'abord. Vous m'avez dit que vous étiez célibataire depuis pas mal de temps, que vous aviez eu le temps de vivre et de réfléchir, et que vous saviez à présent qui vous étiez.

Zoe parut troublée. De toute évidence, ses propos la prenaient au dépourvu..

— Oui, je m'en souviens, dit-elle, manifestement sur ses gardes..

— Vous connaissez-vous assez pour vous imaginer passant le restant de vos jours avec moi ?

Andreas ne pensait pas se tromper : elle avait pâli brusquement..

— Zoe… Il devrait vous paraître clair, à présent, que je suis amoureux de vous.

Elle secoua la tête..

— Vous pensez l'être. C'est toujours ainsi au début d'une relation, surtout lorsqu'on vient de faire l'expérience d'un mariage malheureux.

Andreas sentit qu'il allait avoir du mal à la convaincre..

— Laissons de côté le fait que je n'ai pas eu trois ans pour découvrir qui j'étais réellement. Ce n'est pas ainsi que les choses fonctionnent chez moi. L'erreur que j'ai commise, c'est de vous avoir laissée partir à Venise sans vous dire ce que j'éprouvais pour vous. Mais, compte tenu des problèmes qu'il me restait à résoudre, j'ai eu peur de vous effrayer en vous avouant mes sentiments. Croyez-moi, lorsque vous êtes revenue à Patras, j'ai béni le ciel.

Zoe refusa de croiser son regard..

— J'aurais mieux fait de partir en Bourgogne, chez Abby..

— Vous ne m'avez peut-être pas bien entendu la première fois. Je veux vous épouser, Zoe Perkins ! Compte tenu des circonstances, ce ne sera pas tout de suite, mais bientôt. Hier soir, j'ai commis une nouvelle erreur en vous demandant de m'accompagner à Nice sans vous avoir fait part de ce que j'éprouve au fond de moi.

Cette fois, Zoe leva les yeux vers lui. Ils étaient brillants de larmes. Il était manifeste qu'elle avait peur..

— Vous ne savez pas ce que vous dites..

— Je ne sais pas ce que je dis ? Comment pouvez-vous penser une chose pareille ? Vous vous souvenez, lorsque vous avez parlé d'appeler la secrétaire pour savoir quand se déroulerait la fête de votre université ? Sachez que j'ai vécu là mon pire cauchemar. Ce serait mal me connaître que de penser que je pourrais vous laisser partir sans rien dire. Lorsque vous êtes partie, la première fois, j'avais la ferme intention de vous retrouver. J'étais même prêt à aller vous chercher jusqu'en Californie..

— Vous dites cela maintenant, répliqua Zoe, secouant la tête. Mais, avec le temps, vous verrez les choses sous un jour différent..

— Dans ce cas, laissons le temps vous prouver que je suis sérieux, que je pense tout ce que je vous ai dit et…

Andreas s'interrompit. Son portable venait de sonner. Il vérifia l'identité de la personne sur son écran. C'était son avocat..

— Il faut que je prenne l'appel. Excusez-moi, Zoe. Je reviens tout de suite.

Andreas gagna sa cabine et décrocha..

— Yorgos ?.

— Je suis content que vous répondiez..

— Dites-moi que vous avez de bonnes nouvelles !.

— J'aimerais pouvoir vous le dire, mais hélas…

Andreas fit la grimace..

— L'avocat de Lia a fait une contre-proposition auprès du juge. Elle demande la garde exclusive d'Ari. Elle vous accuse d'avoir une liaison avec *kyria* Perkins qui, selon elle, a partagé votre suite, à l'hôtel, alors que vous vous occupiez d'Ari pendant le temps qui vous était imparti..

— Nous savons pertinemment tous les deux qu'elle avait sa propre chambre à l'hôtel, Yorgos..

— Bien sûr. J'en ai apporté la preuve, mais ce n'est pas tout, loin de là.

Andreas sentit la colère monter en lui..

— Allez-y, dites-moi le reste….

— La contre-proposition inclut les points suivants : vous n'êtes pas émotionnellement stable et ce depuis la séparation, et cela vous empêche d'assurer pleinement votre rôle de père. Elle demande une expertise psychologique complète. Deuxièmement, elle craint que vous et votre amie américaine ne quittiez le pays en emmenant Ari, ce qui mettrait ce dernier en péril.

Andreas s'adossa à la paroi de la cabine, s'efforçant de conserver son calme..

— Lia pense que je vais céder et lui demander de revenir, de reprendre la vie commune mais, là, elle vient de commettre une erreur fatale. Dès que nous aurons raccroché, je veux que vous appeliez son avocat et que vous l'informiez que, dès aujourd'hui, je vais contacter le père biologique d'Ari. Il sait ce que cela veut dire pour elle. La situation pourrait changer du tout au tout..

— Vous avez raison. C'est comme si c'était fait..

— Merci, Yorgos.

Andreas raccrocha et regagna la cuisine. Zoe avait terminé son petit déjeuner et elle remettait de l'ordre dans la pièce..

— Tout va bien ?.

— C'était mon avocat au téléphone..

— Je m'en suis doutée..

— Lia tente par tous les moyens de retarder la procédure, je vais donc mettre mon plan à exécution et informer Norville qu'il a un fils.

Andreas vit l'inquiétude se peindre dans le regard de la jeune femme..

— Avant que vous fassiez quoi que ce soit, dit-elle, laissez-moi répondre à votre question concernant la façon d'approcher Norville..

— Je vous écoute..

— Vous êtes une personne honnête et sans détour, pourquoi n'allez-vous pas tout simplement le voir à son bureau, comme vous le feriez avec n'importe quelle relation d'affaires ? Cela me semble la façon la plus simple, la plus directe de procéder. Je ne vous vois pas agissant autrement.

Andreas était soulagé. Zoe venait de lui donner la réponse

qu'il espérait. Il se cala contre le dossier de son siège et saisit son téléphone portable..

— Voyez-vous un inconvénient à ce que je l'appelle tout de suite ? Il est 10 h 30, ce qui veut dire 9 h 30 en France. S'il n'est pas encore à son travail, je laisserai mon numéro..

— Êtes-vous certain de vouloir le contacter ?.

— Après en avoir discuté avec vous, je suis plus que jamais convaincu que c'est la chose à faire.

Zoe se leva..

— Je vous laisse seul..

— Non, restez, je préfère que vous soyez là. Vous n'avez rien contre, si ?

Zoe se rassit..

— Non..

— J'ai déjà enregistré le numéro de l'agence immobilière de Norville. C'est celui que le détective privé m'a communiqué. Le seul qu'il a pu trouver.

Sans hésiter, Andreas pressa la touche sur son téléphone.

À la cinquième sonnerie, une voix masculine répondit en français..

— Oui ?

Andreas trouva étrange que la personne ne réponde pas en donnant le nom de la société..

— Je souhaiterais parler à Guion Norville, dit-il en français.

L'homme au bout du fil ne répondit pas tout de suite. Andreas l'entendit prendre une courte inspiration..

— Qui le demande ?.

— Andreas Gavras, de Patras, en Grèce. Pouvez-vous me le passer ?

Cette fois, il y eut un long silence..

— Je crains que non, répondit-il finalement.

Andreas s'exhorta à la patience..

— Peut-on le joindre à un autre numéro ? Si ce n'est pas

possible, pourriez-vous lui dire de me rappeler à ce numéro ? C'est très urgent. Il faut absolument que je lui parle..

— Monsieur Norville n'est plus joignable.

Le silence se fit à l'autre bout du fil. L'homme venait de raccrocher.

Andreas posa sur Zoe un regard perplexe puis lui expliqua ce qui venait de se passer..

— Pensez-vous que ce soit lui qui ait répondu ? demanda-t-elle. Il a peut-être fait semblant d'être quelqu'un d'autre lorsque vous lui avez dit qui vous étiez..

— Je ne sais pas..

— Peut-être qu'il ne travaille plus dans l'immobilier. Vous ne m'aviez pas dit qu'il traficotait dans d'autres domaines ?.

— Si..

— Il a peut-être engagé quelqu'un pour répondre au téléphone..

— Il est également possible qu'il ait des problèmes financiers. Mais je ne l'imagine pas jouant à cache-cache avec des créanciers, à moins que sa famille ne lui ait coupé les vivres. Il ne reste plus qu'une solution. Je vais appeler l'agence de détectives et tâcher d'en apprendre un peu plus.

Andreas reprit son téléphone et demanda à parler à Gus. Quelques instants plus tard, ce dernier était en ligne..

— Andreas ?.

— Gus ? Je viens juste d'avoir une étrange conversation avec quelqu'un en appelant le numéro de l'agence immobilière que vous m'aviez donné pour Guion Norville..

— C'est curieux. C'est le seul numéro dont je dispose pour lui. Je n'ai pas encore réussi à me procurer celui de son épouse. À ma connaissance, le nom de l'agence immobilière Norville se trouve toujours sur la façade..

— J'ai besoin que vous me communiquiez l'adresse.

Gus la lui dicta rapidement..

— Pour le moment, ajouta-t-il, je continue mes recherches et je reviens vers vous si j'ai du nouveau..

— Merci, Gus..

— Que vous a-t-il dit ? demanda Zoe lorsque Andreas eut raccroché..

— Il est perplexe, lui aussi. Nous rentrons à Patras ce soir et, dès demain matin, je repartirai pour Nice afin d'aller voir Norville. Comme il n'y a rien de plus que nous puissions faire aujourd'hui, allons sur le pont, si vous le voulez bien, nous pourrons peut-être voir des dauphins.

Andreas fut le premier à monter. Il avait demandé à Zoe de l'accompagner en France, mais il ne se faisait pas trop d'illusions.

À sa grande surprise, elle le rejoignit aussitôt. Elle avait dû laisser son gilet de sauvetage dans sa cabine. Il en prit un nouveau dans un coffre et le lui tendit. Elle l'enfila et s'approcha du bord pour regarder..

— C'est encore une de ces merveilleuses journées ensoleillées que la Grèce nous offre, dit-elle. Je ne m'en lasse pas !

Andreas sortit ses jumelles et les lui tendit afin qu'elle puisse scruter les flots. Il la regarda et ne put s'empêcher d'admirer sa silhouette et ses jambes magnifiques. Tout en elle lui plaisait, le séduisait. Il ne se lassait pas de la contempler..

— C'est une expérience unique, poursuivit Zoe. Oh… Regardez, des dauphins ! s'exclama-t-elle soudain. Il y en a deux, là-bas ! Ils bondissent hors de l'eau ensemble, comme s'ils dansaient !.

— Les dauphins aiment le soleil, comme nous. Si vous regardez bien leur tête, vous constaterez que ce sont des dauphins communs. Nous en verrons peut-être d'une autre espèce plus tard, les rayés.

Durant une demi-heure, ils en observèrent au moins six autres caracolant dans les vagues. Zoe était tout excitée et elle prenait photo sur photo avec son téléphone portable. Lorsque les dauphins eurent disparu, elle s'assit à côté d'Andreas sur une banquette du pont..

— C'était un spectacle magnifique. Merci. Je ne m'attendais pas à voir quelque chose d'aussi beau..

— C'est un spectacle auquel on peut assister quasiment chaque jour ici. Il suffit de se trouver sur place au bon moment..

— J'imagine sans peine que c'est plus facile lorsqu'on dispose d'un bateau comme celui-ci, avec un skipper qui sait où il faut regarder.

Andreas se mit à rire..

— Nous en verrons certainement d'autres. Mais comme vous avez émis le souhait de voir mon usine de sel, nous allons continuer à naviguer le long de la côte. Je vous montrerai où elle se situe et je vous la ferai visiter.

Andreas se leva et s'approcha du poste de commandement pour lever l'ancre..

— Nous reviendrons un peu plus tard pour nous baigner et nager. Qu'en dites-vous ?.

— À votre avis ?.

— Mon avis, c'est que vous êtes d'une nature extraordinaire, que vous voyez toujours l'aspect positif des choses. La vie est très facile et très agréable avec vous, Zoe. Je l'ai pensé dès le début, le jour de l'accident de taxi déjà. Vous aviez pour seule préoccupation la santé du chauffeur. Je ne vous ai jamais entendue vous plaindre.

Zoe sourit.

— Vous ne savez pas tout de moi, loin de là, Andreas, mais merci pour ce compliment.

Ils accostèrent à Missolonghi pour déjeuner. Ensuite, Andreas loua une voiture et conduisit Zoe jusqu'à son usine, une installation gigantesque et ultramoderne. Au fil des années, il avait procédé à de nombreuses rénovations..

— Vos parents ont dû être très fiers de votre réussite, de la façon dont vous avez été capable de gérer à la fois vos activités dans le secteur hôtelier et dans celui du sel. J'aurais vraiment aimé les connaître..

— Ils vous auraient adorée. Surtout ma mère, qui aurait été enchantée de savoir que vous êtes une spécialiste de Lord Byron et que vous enseignez la littérature à l'université en Californie. Elle-même était un génie en mathématiques avant d'épouser mon père. Comme vous, elle était professeur. Elle a enseigné à l'université de Patras durant plusieurs années. Plus tard, elle a travaillé dans le domaine informatique..

— Je comprends mieux, à présent, que vos parents aient pu donner naissance à l'un des hommes d'affaires les plus brillants de Grèce !

Andreas se mit à rire..

— Riez tant que vous voudrez, il n'en reste pas moins que c'est vrai. Mais votre modestie est l'une de vos qualités les plus admirables. En tout cas, sachez qu'il me plaît énormément de savoir qui était votre mère et de découvrir le monde dans lequel vous évoluez..

— Ma mère a regretté de ne pas avoir davantage d'enfants et elle s'est beaucoup investie dans son travail..

— Qu'en pensait votre père ?.

— Il l'a toujours encouragée. Il faut dire que ma mère était quelqu'un de facile à vivre. Tous deux formaient un couple harmonieux, bien plus heureux que beaucoup d'autres, parce qu'ils comprenaient parfaitement leurs besoins respectifs et les respectaient..

— Vous venez de mettre exactement le doigt sur ce qui n'a pas marché dans le mariage de mes parents adoptifs. Nancy était tellement absorbée par les enfants qu'à un moment, Bob ne l'a plus supporté. Et c'est finalement ce qui les a séparés. Mais tous deux ont beaucoup sacrifié pour nous élever, moi et les garçons. Et, de cela, je leur serai à tout jamais reconnaissante..

— Je vous comprends, assura Andreas.

Ils arrivèrent bientôt sur les docks..

— Après notre visite, nous retournerons à bord et nous regagnerons notre crique. Je vous emmènerai faire du ski nautique, si cela vous dit..

— Une autre fois, peut-être, répondit Zoe. Le repas était vraiment très copieux à midi. Mais merci de me le proposer !

Zoe était consciente qu'Andreas faisait tout ce qui était en son pouvoir pour rendre ce voyage inoubliable, mais elle le savait profondément perturbé par une situation qui promettait d'avoir un impact considérable sur son existence.

De retour sur le bateau, elle enfila son gilet de sauvetage..

— Andreas, vous avez été merveilleux avec moi, mais je pense que nous devrions regagner Patras. Nous nous baignerons une autre fois. Le voyage pour la France est prévu demain matin, et je sais que vous devez passer à votre bureau au préalable. Et surtout que vous avez beaucoup à faire.

Andreas scruta son visage..

— Comment se fait-il que vous ayez brusquement changé d'avis ?.

— Je n'ai pas changé d'avis, mais le coup de fil de votre avocat a bouleversé la donne et j'en suis en partie la cause. Lia m'a vue avec vous et elle ne l'a pas accepté, parce qu'elle espère encore vous récupérer. Elle estime que je représente un obstacle en travers de son chemin, que c'est moi qui empêche tout retour en arrière..

— Il serait temps qu'elle se rende compte que ce n'est plus à l'ordre du jour..

— Vous le cachez très bien, mais je sais que toute cette situation vous inquiète. Vous ne seriez pas humain si la perspective de rencontrer le père biologique d'Ari ne vous préoccupait pas. Il est normal de se demander comment cet homme va réagir, qui il est et, surtout quel genre de père il sera, si toutefois il a envie d'en être un pour Ari. Rien de tout cela n'est rassurant, c'est tout à fait logique.

Andreas attira Zoe dans ses bras et prit sa bouche pour un long baiser qui la troubla profondément, la laissant toute tremblante..

— Je reconnais la chercheuse en vous, dit Andreas lorsqu'il s'écarta d'elle. Celle qui est toujours à l'affût de la vérité. Cela vous a donné une incroyable perspicacité, une compréhension très fine des autres. Je vous assure qu'aujourd'hui, je me demande comment je m'en serais sorti si vous n'étiez pas arrivée dans ma vie.

Zoe secoua la tête..

— Je ne sais pas comment vous pouvez dire une chose pareille..

— C'est la vérité, affirma Andreas en posant un baiser sur ses cheveux. Pour être honnête, il va m'être difficile d'aller à Nice sans vous. J'ignore combien de temps je serai absent. Mais j'ai toujours à l'esprit la crainte que vous décidiez de partir pour ne pas compliquer davantage la situation.

Zoe se rendit soudain compte que cet homme étonnant, qu'elle trouvait tellement capable et tellement fort, était en train de lui avouer sa vulnérabilité. Elle se demanda si quelqu'un avait déjà eu, comme elle, l'occasion de découvrir cet aspect de sa personnalité. Cette révélation la bouleversa..

— Je ne veux pas que vous ayez à vous inquiéter de quoi que ce soit durant ce voyage déjà si difficile. Si c'est ce que vous désirez réellement, je vous accompagnerai à Nice, Andreas.

Elle le serra très fort dans ses bras en espérant ne pas être en train de commettre une nouvelle erreur. La première avait été de l'accompagner à Athènes, ce qui avait donné à Lia des armes à utiliser contre lui.

Andreas la serra dans ses bras et posa les lèvres sur son front tout en murmurant en grec des paroles qui semblaient venir du fond de son cœur..

— Maintenant, j'ai la certitude que tout ira bien.

Zoe l'espérait, mais il se lançait dans une entreprise sans aucune garantie. Lorsqu'elle pensait à toute l'aide qu'il lui avait apportée pendant qu'elle menait ses recherches, elle ne pouvait s'autoriser à le laisser affronter seul cette épreuve. Elle ne pouvait laisser tomber un homme qu'elle aimait aussi profondément.

Ils remontèrent dans le bateau. Andreas reprit la barre, et ils regagnèrent le port. Restée sur le pont, Zoe aperçut de nouveau des dauphins. Cependant, le cœur n'y était plus. Elle ne songeait qu'à l'ex-femme d'Andreas. Lia avait entamé leur mariage par un mensonge ou, plus exactement, en dissimulant ce qui s'était passé. La culpabilité qu'elle en avait ressentie lui avait fait perdre l'amour d'Andreas avant même que la vérité n'éclate. Ce qui n'empêchait pas Lia d'aimer son fils d'un amour absolu.

Zoe détestait l'idée de représenter l'autre femme. Cette situation instable était devenue, par la force des choses, une relation triangulaire dont elle faisait partie bien malgré elle. Le destin les avait réunis, Andreas et elle, en toute innocence. Mais lorsqu'il lui avait dit qu'il était séparé et qu'il avait un enfant, elle aurait dû cesser aussitôt de le voir.

Nancy lui aurait conseillé de ne pas s'impliquer. « Trouve un homme sans bagages », lui aurait-elle dit.

Mais il en allait parfois tout autrement dans la vie. On ne commandait pas toujours à son cœur et celui de Zoe avait sa volonté propre. Lorsque Andreas s'était approché du taxi, juste après l'accident, pour voir si elle n'était pas blessée, elle avait été instantanément subjuguée. Et ce n'était pas une simple attirance physique. Il y avait bien davantage. Il lui avait semblé qu'un lien immédiat se créait entre eux. Elle n'aurait su l'expliquer, mais elle était certaine que ce lien ne disparaîtrait jamais.

En attendant qu'Andreas ait retrouvé le père biologique d'Ari et que la question de la garde ait été réglée par le juge, elle resterait à ses côtés et le soutiendrait. Elle l'aiderait à agir au mieux pour son fils. Elle l'aimait trop pour imaginer faire autrement. En revanche, une fois que ce serait fini, elle quitterait la Grèce, afin que Lia ne puisse pas continuer à se servir d'elle comme d'une arme à retourner contre Andreas.

Car Lia ne se calmerait pas tant qu'il y aurait une femme dans la vie d'Andreas, Zoe le savait. En conséquence, son existence ne serait jamais simple. Beaucoup de couples divorcés continuaient à avoir des problèmes durant des années lorsque des intérêts financiers ou des enfants étaient en jeu.

Une fois les problèmes de garde réglés, Andreas pourrait tourner la page et vivre la vie que le destin avait tracée pour lui. Zoe ne s'imaginait pas en faire partie. Ce qu'ils vivaient en ce moment n'était qu'une étape avant que chacun s'en aille de son côté et reprenne le cours de son existence.

Elle avait rencontré un homme exceptionnel, fondamentalement différent de tous les autres. Elle n'aurait jamais pu l'imaginer, même en rêve. Andreas lui avait dit qu'il était amoureux d'elle. Elle savait qu'il était sincère et elle avait pleinement savouré ce bonheur jusqu'à présent.

Mais elle n'avait pas confiance dans les sentiments amoureux d'un homme qui n'était pas encore divorcé, qui n'avait pas encore fait l'expérience de toutes les possibilités que lui réservait sa liberté à venir. À trente et un ans, il avait devant lui des années de relations possibles avec des femmes superbes et remarquables, des femmes de son pays qui feraient tout pour être aimées de lui. Et alors, au moins, Lia n'aurait plus peur de le voir quitter la Grèce et emmener son fils à l'étranger, avec sa petite amie américaine..

— À quoi pensez-vous ? Vous avez l'air tendu.

Plongée dans ses pensées, Zoe ne s'était même pas rendu compte qu'ils avaient atteint le port et accosté à l'emplacement privé du yacht..

— Un divorce peut se révéler tellement dur, même si, parfois, il n'y a pas d'autre solution..

— Ne vous inquiétez pas, Zoe. Ce n'est qu'une mauvaise période à passer..

— Je ne sais pas comment vous faites pour affronter tout cela.

Andreas coupa le moteur..

— Je vous l'ai dit, c'est grâce à vous que je tiens. Le moment viendra peut-être où vous me croirez enfin.

Zoe aurait bien voulu le croire, mais elle avait peur..

— Je descends chercher mes affaires, dit-elle..

— Je vous accompagne.

Consciente de sa présence derrière elle, de son corps solide tout près du sien, Zoe descendit les quelques marches. Puis elle passa dans sa cabine et rassembla ses affaires. Ils se rejoignirent sur le pont et gagnèrent la voiture. Quelques instants plus tard, ils quittaient la ville. Cependant Andreas prit une route différente, qui conduisait à Kalamaki, le quartier chic de Patras dont elle avait entendu parler, mais où elle ne s'était jamais rendue..

— Où allons-nous ? demanda-t-elle..

— Chez moi, à ma villa. J'aimerais que vous voyiez où je vis..

— Non, Andreas ! Lia m'a vue dans la suite de votre hôtel, à Athènes. Vous savez qu'elle vous fait surveiller mais, jusqu'à présent, vous n'avez jamais été jusqu'à m'emmener dans la maison où vous avez vécu en famille. C'est trop intime, il ne faut pas prendre ce risque. Elle est à l'affût de la moindre chose dont elle pourra se servir auprès du juge. Je souhaite rester le plus possible extérieure, jusqu'à ce qu'il ait rendu sa décision finale.

Zoe pensait qu'il ne l'écoutait pas lorsqu'il fit soudain demi-tour et reprit la direction de l'autoroute, les ramenant vers le centre-ville. Avec une population de 260 000 habitants, Patras était la troisième ville de Grèce..

— Je vous en prie, n'allez pas croire que je n'ai pas envie de voir votre maison. C'est tout le contraire, mais ce ne serait pas raisonnable. Je représente déjà un problème pour vous, inutile d'en rajouter.

Elle le vit crisper les doigts sur le volant..

— Je vais vous raccompagner chez vous et je viendrai vous chercher à 6 heures demain matin, dit-il.

Une tension palpable s'était installée entre eux lorsque Andreas se gara devant son immeuble et l'accompagna jusqu'à son appartement.

À peine entré, il posa sa valise. Zoe se sentait très mal..

— Andreas ? Dites-moi que vous comprenez.

Il se tourna vers elle, regard sombre, intense, et posa les mains sur ses épaules..

— Je comprends beaucoup plus de choses que vous ne l'imaginez. Lia a vraiment tout fait pour devenir une obsession pour moi, pour que je ne l'oublie pas. Mais c'est vous qu'elle obsède, aujourd'hui. Je vous suis vraiment reconnaissant de m'accompagner à Nice pour régler toute cette histoire et en finir une bonne fois pour toutes.

Avant que Zoe ait eu le temps de répondre quoi que ce soit, il se penchait et l'embrassait, dévorant ses lèvres d'un baiser fougueux auquel elle s'abandonna bientôt, le corps parcouru de frissons. Et lorsque Andreas libéra sa bouche, elle protesta en poussant un petit gémissement..

— Je vous aime, Zoe, et je continuerai à le clamer jusqu'à ce que vous en ressentiez l'évidence au plus profond de vous, comme si c'était inscrit dans votre ADN.

Sur ce, il tourna les talons et quitta prestement l'appartement. Zoe avait la tête qui tournait. Elle dut s'appuyer sur une chaise pour ne pas chanceler, encore tout étourdie de leur baiser.

Oh ! mon Dieu, Andreas…

Une fois dans la voiture, Andreas prit directement la route de son bureau. Il se demandait ce qui se serait produit s'il n'était pas parti précipitamment de chez Zoe. Il ne serait peut-être pas parti du tout. Il avait tellement envie d'elle !

Il aurait adoré qu'elle puisse venir avec lui à la villa, mais il savait qu'elle n'y aurait pas été à l'aise. Elle se sentait trop coupable, certaine d'être la raison pour laquelle Lia se montrait aussi vindicative.

Il avait hâte que le juge rende sa décision. Il comptait les heures. À peine arrivé à son bureau, il appela Gus. Celui-ci était indisponible et il dut lui laisser un message. En attendant sa réponse, il s'attaqua à la pile de courrier sur son bureau et se mit à lire les différents dossiers qu'il avait à signer.

Le conseil d'administration de la Gavras House Hotels était prévu pour le jeudi matin à 9 heures, et on était mardi. Cela lui laissait toute la journée du lendemain pour trouver Guion Norville et lui parler.

Andreas appcla ses grands-parents pour prendre de leurs nouvelles. Ils avaient envie de voir Ari. Il leur expliqua qu'il était en train de faire tout son possible pour renégocier le droit de garde. Très bientôt, son fils passerait toute une semaine d'affilée avec lui à Patras. Il discuta ensuite avec son grand-père du conseil d'administration. Puis, dès qu'il eut raccroché, son téléphone sonna. C'était Gus..

— Andreas ?.

— Merci de me rappeler aussi vite, Gus. Je prends l'avion pour Nice à 6 heures demain matin. Avez-vous de nouvelles informations ?.

— Pas beaucoup. J'ai simplement découvert que Guion Norville a un cousin, Philippe Norville, qui vit à Nice et qui est propriétaire d'une concession automobile Peugeot. Si vous ne parvenez pas à trouver Guion, vous pouvez peut-être essayer de ce côté.

Andreas nota l'adresse..

— Vous m'avez été d'une aide précieuse, Gus. Je mets un chèque pour vous au courrier dès ce soir..

— Merci. Faites-moi savoir si vous êtes parvenu à voir Norville..

— Bien sûr.

Aussitôt après, Andreas appela Yorgos pour l'informer qu'il partait à Nice le lendemain..

— Dès que je serai entré en contact avec Guion Norville, je vous appellerai pour vous mettre au courant de la situation. S'il a un avocat, je lui donnerai vos coordonnées..

— Bonne chance, Andreas.

Andreas raccrocha et quitta le bureau pour rentrer à sa villa. Il se réjouissait que Zoe ait accepté de l'accompagner à Nice. Décidément, cette femme lui était devenue indispensable. Auprès d'elle, il lui semblait qu'il pourrait affronter toutes les épreuves de la vie.

Mais plus il y pensait, plus il s'interrogeait. Zoe éprouvait-elle pour lui des sentiments plus profonds que ce qu'elle voulait bien laisser paraître ? Elle n'avait toujours pas prononcé les mots qu'il rêvait d'entendre de sa bouche. Si seulement elle pouvait comprendre à quel point il l'aimait !

À l'issue de deux heures de vol, le jet Gavras atterrit à Nice par un temps légèrement couvert. Il était 9 heures. Une limousine les attendait, et Andreas indiqua au chauffeur l'adresse à laquelle il devait les conduire..

— Il fait beaucoup plus frais qu'à Patras, fit remarquer Zoe lorsque Andreas se glissa sur la banquette arrière et lui prit la main.

Elle portait un ensemble pantalon camel et un chemisier blanc. Andreas adorait la façon dont elle s'habillait. Elle possédait une élégance naturelle et un vrai sens du style. Quelle que soit la tenue qu'elle choisissait, elle était toujours superbe. Et en cet instant, les notes fraîches et fleuries de son parfum qui titillaient délicieusement ses narines ajoutaient encore à son charme..

— Il ne fait encore que vingt-trois degrés, mais la température va monter.

Il étudia un instant son profil..

— Tout va bien ? Je vous trouve plus silencieuse que d'habitude.

Zoe se tourna vers lui..

— J'allais vous poser la même question. Je parie que vous n'avez pas beaucoup dormi, la nuit dernière..

— Vous vous trompez, répondit Andreas en posant un baiser sur ses lèvres. Je savais que vous seriez avec moi ce matin, de sorte que j'ai très bien dormi. Il y a longtemps que je n'avais pas dormi aussi bien.

Zoe pressa tendrement sa main..

— J'admire votre force, Andreas… et votre humanité, murmura-t-elle..

— Que voulez-vous dire ?.

— Je sais que je vous l'ai déjà dit, mais je ne connais pas beaucoup de monde qui serait prêt à faire le sacrifice que vous vous apprêtez à faire.

L'émotion qui perçait dans sa voix n'échappa pas à Andreas..

— Au lieu de taire ce secret à tout jamais, vous êtes disposé à faire tout ce qui est en votre pouvoir pour retrouver cet homme, dans l'intérêt de votre fils.

Il s'aperçut que des larmes avaient afflué dans les yeux bleu intense de Zoe..

— Ari a tellement de chance d'avoir un père comme vous !

Andreas sentit l'émotion lui nouer la gorge..

— Et moi, j'ai une chance tout aussi grande de vous avoir rencontrée. Et je me réjouis que vous soyez entrée dans ma vie. Ce que vous avez vécu enfant m'a permis de comprendre que Guion Norville a le droit de connaître la vérité. Au début, je ne parvenais pas à accepter cette idée parce que j'avais trop peur de perdre Ari. Mais c'est votre expérience, votre compréhension qui m'ont amené à vouloir rendre justice à Guion. Un jour, Ari aura lui aussi le droit de connaître la vérité sur sa naissance. Sans vous, je ne crois pas que je serais parvenu à voir les choses aussi clairement. C'est à moi de vous remercier.

Ils longèrent en voiture la promenade des Anglais, avec ses hauts palmiers qui se détachaient sur une mer d'un bleu soutenu..

— Quel littoral magnifique, Andreas ! s'exclama Zoe. Je comprends maintenant pourquoi cette partie de la Riviera française attire autant de monde..

— Il y a ici une atmosphère et un charme uniques. Si Norville désire faire la connaissance de son fils et avoir une relation avec lui, cette ville jouera un rôle important dans la vie d'Ari.

Andreas s'était répété mille fois qu'il saurait s'en accommoder, mais en contemplant cette belle ville méditerranéenne, mélange d'architecture italienne et française, il sentit son cœur se serrer. Un jour, Ari apprendrait à aimer cet endroit à travers les yeux de Guion. Ari et lui vivraient des moments qui n'appartiendraient qu'à eux, une intimité dont lui-même serait exclu.

Andreas sentit la main de Zoe presser doucement la sienne. Il aurait juré qu'elle avait compris ce qui se passait dans son esprit, quel combat s'y livrait. C'était comme si elle lui avait dit : « ce que vous faites, c'est pour votre fils. Un jour, il vous en remerciera. ».

— Par quoi commençons-nous ? demanda-t-elle à mi-voix..

— Par l'agence immobilière. Elle n'est pas très loin, boulevard Napoléon III..

— Je ne viendrai pas avec vous. Je vous attendrai dans la voiture.

Andreas avait prévu qu'elle lui dirait cela. Elle l'avait accompagné jusqu'ici, c'était déjà beaucoup.

La circulation était dense mais, quelques minutes plus tard à peine, ils arrivèrent à l'adresse que Gus avait indiquée. Le chauffeur se gara devant l'agence.

Zoe se pencha pour poser un baiser sur la joue d'Andreas..

— Courage ! Toutes mes pensées vous accompagnent..

— Merci. Votre soutien m'est précieux. C'est ce qui m'aide à avancer.

Il se pencha, lui effleura la bouche de ses lèvres, puis descendit de voiture.

L'Immobilière Riviera Norville se trouvait à un angle de rue. Andreas s'apprêtait à pousser la porte lorsqu'il aperçut un panneau indiquant une fermeture définitive apposé sur la vitrine. Il jeta un coup d'œil à l'intérieur. Il ne restait qu'un burcau vide et une chaise abandonnée dans un coin.

Juste à côté, se trouvait unc agence de voyages. Il y entra. Plusieurs personnes y étaient installées, feuillctant des brochures. La jeune femme à l'accueil lui sourit..

— Puis-je vous aider ?.

— Pourriez-vous me dire depuis combien de temps l'Immobilière Riviera Norville est fermée ? demanda-t-il en français.

La jeune femme parut surprise..

— Elle est fermée ? Je l'ignorais.

Andreas se demanda si elle lui disait vraiment la vérité..

— Vous connaissiez le propriétaire ?.

— Non. Enfin, j'ai croisé le directeur une fois, il y a environ deux mois..

— Vous vous souvenez de son nom ?.

— Non. Je suis désolée.

Andreas l'était encore bien davantage. Il se retrouvait dans une impasse..

— Merci.

Il quitta l'agence et rejoignit la voiture, pour indiquer au chauffeur l'adresse suivante : celle du concessionnaire Peugeot, rue Lamartine.

Lorsqu'il reprit sa place à bord, Zoe s'avança au bord du siège, le visage inquiet..

— Vous n'avez pas mis longtemps.

Andreas lui effleura sa joue. Déjà le chauffeur engageait la limousine dans la circulation..

— L'agence est définitivement fermée. Et ce qui est bizarre, c'est que la personne de l'agence de voyages située juste à côté l'ignorait..

— Quelle déception, après tant de recherches ! Je suis désolée pour vous..

— Attendez ! Je n'ai pas encore dit mon dernier mot. Gus m'a communiqué l'adresse du cousin de Guion, Philippe Norville. Il est propriétaire d'une concession automobile. On ne sait jamais. J'ai donné l'adresse au chauffeur.

Zoe se passa la langue sur les lèvres. Elle semblait nerveuse..

— Et qu'allez-vous dire à ce monsieur ?.

— Que je cherche son cousin Guion..

— Il risque de faire le lien avec votre société de sel..

— Je me présenterai sous le nom de jeune fille de ma mère.

Zoe leva les sourcils, surprise..

— Comment s'appelait-elle ?.

— Calista Valieri..

— C'est un joli nom. Ainsi, vous allez devenir *kyrie* Valieri. Et quelle raison allez-vous donner de le chercher ?.

— Je vais expliquer que je songe à investir dans une propriété à Nice et qu'on m'a dit que M. Guion Norville pourrait certainement m'aider. Que je ne suis pas parvenu à le joindre par téléphone et qu'à ma grande surprise je viens de découvrir qu'il a fermé son agence. C'est alors que j'ai consulté l'annuaire et trouvé le nom de Philippe Norville. J'ai pensé qu'ils devaient être parents et que, dans ce cas, il pourrait m'indiquer où se trouvait désormais l'agence immobilière. J'ai préféré me renseigner avant de choisir un autre agent immobilier parce qu'il m'a été chaudement recommandé.

Andreas inclina la tête..

— Ça vous parait comment ?.

— Crédible. Je pense que ça devrait aller. Mais c'est tout de même prendre un risque. J'imagine que vous souhaitez préférable, pour vous et pour Norville, que rien ne filtre de votre affaire. Que diriez-vous d'inverser les rôles ? Que j'aille me renseigner pendant que vous attendez dans la voiture ? Je dirai ce que vous aviez prévu de dire, mais j'expliquerai que je cherche, pour mes amis californiens et moi-même, une résidence à partager lorsque nous voulons venir en vacances sur la Riviera. Je lui dirai que quelqu'un à l'hôtel m'a indiqué que M. Norville s'occupait de ce genre de transactions. Et je demanderai s'il y a un numéro où je peux le joindre.

Zoe semblait parfaite dans ce rôle, mais Andreas secoua la tête..

— Je ne peux pas vous laisser vous impliquer encore davantage dans mes problèmes..

— Je suis venue jusqu'ici. Norville ne fera jamais le lien entre vous et moi. Cela vaut la peine d'essayer et, de cette façon, vous n'aurez pas à mentir.

La lumière qui brillait dans le regard de la jeune femme eut raison des dernières réticences d'Andreas..

— Comment pourrai-je jamais vous remercier ?.

— Vous savez très bien que je n'attends rien. Je n'ai pas la possibilité de rechercher mon propre père, alors, puisque je ne peux pas le faire, laissez-moi vous aider. C'est très important pour moi.

Ces mots touchèrent profondément Andreas. Bien davantage qu'aucune autre déclaration qu'elle aurait pu faire. Il attira Zoe à lui et, le menton posé sur ses cheveux, il la tint serrée contre lui jusqu'à ce que la voiture s'immobilise sur le parking client de la concession automobile.

Il l'embrassa et la serra très fort contre lui..

— Je ne peux pas vous laisser faire cela..

— J'y tiens beaucoup ! De plus, il faut mettre toutes les chances de notre côté. S'il est là, ça devrait aller très vite, ne vous inquiétez pas.

Zoe lui effleura la joue puis descendit de voiture..

— Zoe ?.

— Tout ira bien, faites-moi confiance.

Le cœur battant, Andreas la regarda s'éloigner tandis que quelques hommes présents sur le parking se retournaient pour suivre des yeux la magnifique jeune femme blonde qui se dirigeait vers la porte d'entrée.

Zoe était une femme moderne, une femme de son temps. Mais elle avait également la stature et la force des guerrières antiques. Et Andreas en était subjugué.

8

À la seconde où Zoe pénétra dans la concession, un vendeur extrêmement séduisant s'avança à sa rencontre. Cheveux châtains, yeux noisette, il portait un costume clair de coupe impeccable..

— Puis-je vous aider, mademoiselle ?.

— Parlez-vous anglais ? demanda aussitôt Zoe..

— Ah… Américaine !

Il sourit et reprit :.

— Je vais faire de mon mieux.

Zoe lui rendit son sourire. Il possédait cet irrésistible charme français qui lui rappelait Raoul Decorvet, le mari d'Abby. Quant à son anglais, il était excellent..

— Serait-il possible de voir M. Philippe Norville, le propriétaire ?

L'homme parut surpris..

— Vous le connaissez ?.

— Non, mais j'espère qu'il va pouvoir m'aider..

— Il est sorti déjeuner, mais il devrait revenir d'une minute à l'autre. Je peux peut-être vous faire patienter en vous montrant nos tout derniers modèles..

— Non, merci. Je souhaite surtout lui parler..

— Bien sûr. Je vais aller voir dans son bureau. Il est peut-être déjà revenu. Puis-je vous demander votre nom ?.

— Bien sûr. Zoe Perkins..

— Asseyez-vous, je vous en prie, dit-il en lui tendant une brochure. J'en ai pour un instant.

Zoe s'assit, songeant à Andreas qui devait se ronger les sangs dans la voiture. Elle jeta un regard autour d'elle. D'autres vendeurs renseignaient des clients. Visiblement, cette concession marchait très bien. Zoe avait été impressionnée par le vendeur qui l'avait accueillie. Son professionnalisme, son tact et sa discrétion l'avaient épatée. S'il avait été dans ses projets d'acheter une voiture, elle aurait certainement beaucoup apprécié son aide..

— Mademoiselle Perkins ?

Elle tourna la tête. L'homme était de retour..

— Suivez-moi, je vous prie. M. Norville est rentré de son déjeuner. Il va vous recevoir.

Zoe sentit son pouls s'accélérer. Elle allait peut-être enfin obtenir une réponse pour Andreas..

— Merci, dit-elle.

Elle posa la brochure et suivit le vendeur dans un couloir qui menait au bureau du propriétaire. Il s'agissait d'un homme d'un certain âge, qui l'invita à s'asseoir..

— Que puis-je faire pour vous, mademoiselle ?.

— Je me suis risquée à venir vous voir, mais je vous fais probablement perdre votre temps. Je m'en excuse par avance. Je cherche M. Guion Norville, qui possède une agence immobilière ici, à Nice. C'est une personne de l'hôtel où je séjourne qui me l'a recommandé. J'espérais qu'il pourrait m'aider, parce que je souhaite investir dans un appartement à partager avec un ami qui m'attend dans la voiture, sur le parking. Je suis passée à l'agence ce matin, mais j'ai vu qu'elle était définitivement fermée. Si M. Guion Norville a déménagé son activité, j'aimerais savoir où le joindre aujourd'hui. Dans l'agence de voyages, juste à côté, on n'a pas pu me renseigner. J'ai cherché dans l'annuaire et j'ai trouvé votre nom. Avant de contacter un autre agent immobilier, je suis venue vous demander si vous saviez quelque chose, vu que vous portez le même nom.

Philippe Norville se pencha en avant et posa les mains à plat sur son bureau..

— Vous venez juste de le rencontrer.

Zoe crut que son cœur s'arrêtait de battre..

— Il se trouve que c'est mon cousin. Je vais aller le chercher et lui demander de se joindre à nous.

Dès qu'il eut quitté le bureau, Zoe appela Andreas. Il répondit à la première sonnerie..

— Zoe ? Alors, que se passe-t-il ?.

— Guion est ici, expliqua-t-elle à voix basse. C'est lui qui m'a accueillie à l'entrée. De toute évidence, il travaille pour Philippe..

— Je n'arrive pas à le croire !

Andreas était sous le choc, tout comme Zoe..

— Gus vous a fourni le bon renseignement. Guion est le cousin du propriétaire de cette concession. Il va arriver. Quoi qu'il advienne, ne soyez pas surpris, ajouta-t-elle très vite, avant de raccrocher.

Elle venait d'entendre des pas dans le couloir.

Guion entra dans le bureau et referma la porte derrière lui. Il était revenu seul.

Il considéra Zoe d'un air légèrement soupçonneux..

— C'est une grande surprise pour moi, dit-il. Vous êtes la première personne qui cherche à me joindre depuis que j'ai fermé l'agence. Quelle est la véritable raison de votre présence ? Nous ne nous sommes jamais rencontrés, je m'en souviendrais.

Il s'agissait de jouer cartes sur table, à présent. Zoe se leva..

— Vous avez raison. En fait, ce n'est pas moi qui souhaite

vous parler, mais un ami. Mais comme vous travaillez, je pense qu'il choisira de ne pas vous déranger et de revenir plus tard..

— Qui est-ce ?.

— Mon ami ? Oh ! je ne suis pas sûre que vous le connaissiez, il attend dans la voiture, sur le parking..

— Dans ce cas, allons le voir tout de suite ! Vous avez éveillé ma curiosité.

Oh ! oh ! les choses s'accélèrent ! songea Zoe. Son cœur battait si fort qu'elle était à la limite de la suffocation. Elle croisa les doigts quittant le bureau en compagnie de Guion. Ils traversèrent la concession et gagnèrent le parking, sur lequel était garée la limousine.

Andreas était dehors, adossé à la portière. Il se redressa en les voyant arriver. Zoe ne put s'empêcher de le trouver magnifique, avec la brise légère qui ébouriffait ses cheveux. Il la regarda, et elle lut l'étonnement dans ses yeux.

Ce qu'elle éprouvait pour lui était si fort qu'elle dut prendre une grande inspiration pour retrouver son calme, avant de se tourner vers Guion..

— Monsieur Norville, je vous présente Andreas Gavras.

Guion haussa les sourcils, surpris.

— Le Andreas Gavras de la Gavras House Hotels et de la Gavras Sea Salt Company ?

Andreas confirma d'un hochement de tête..

— Vous êtes quelqu'un de célèbre. Pour quelle raison un homme comme vous peut-il vouloir me parler ? Il y a des années que je ne travaille plus dans l'entreprise de transports familiale.

Zoe ne détecta pas le moindre signe d'inquiétude chez lui. Elle était prête à croire qu'il ignorait totalement que Lia était fiancée à Andreas lorsqu'il l'avait rencontrée et qu'il ne savait pas davantage que coucher avec elle n'avait pas été sans conséquences.

Zoe imaginait parfaitement combien la situation devait être difficile pour Andreas et combien elle le serait sous peu pour les deux hommes. Elle remarqua qu'ils étaient de la même taille. Guion devait avoir environ trente-cinq ans, il était séduisant, fin, élancé… Et maintenant qu'elle avait l'opportunité de l'observer, elle décelait une certaine ressemblance avec Ari. Les gênes ne mentaient pas.

Elle était certaine qu'Andreas avait remarqué ce détail, lui aussi..

— Je ne suis venu que pour une seule raison, déclara ce dernier, visiblement tendu. Vous faire savoir que vous avez un fils de seize mois qui s'appelle Ari. Il est tout à fait dans votre droit de savoir aussi que sa mère s'appelle Lia Pallas de son nom de jeune fille, celui qu'elle portait avant de devenir ma femme. À présent, ce que vous choisirez de faire de cette information ne regarde que vous.

Zoe vit Guion pâlir.

Elle posa une main sur le bras d'Andreas..

— Il y a beaucoup de monde, on pourrait nous entendre, dit-elle à voix basse.

Andreas se tourna vers Guion qui était demeuré figé sur place..

— Si nous poursuivions la conversation dans la limousine ?

Guion acquiesça d'un signe de tête et monta dans la voiture avec eux. Il prit place sur la banquette, en face de Zoe et d'Andreas..

— Pourquoi est-ce vous que Lia a envoyé pour me le dire ?.

— Ce n'est pas elle qui m'envoie. Je suis venu de mon propre chef. Elle n'a jamais voulu vous mettre au courant. En fait, elle espérait que ni vous ni moi ne découvririons la vérité. Ce qu'elle n'avait pas prévu, c'était qu'Ari devrait subir une opération qui nécessiterait une transfusion sanguine.

C'est à cette occasion que j'ai découvert que je n'étais pas son père biologique et que j'ai demandé le divorce.

Guion poussa un soupir mais ne dit rien..

— Je l'ai confrontée aux faits, poursuivit Andreas, à son mensonge. Apparemment, elle avait passé la nuit avec vous sans vous dire que nous étions fiancés..

— Elle ne m'a rien dit et son amie non plus, affirma Guion. J'ignorais totalement qu'elle était votre fiancée, je vous en donne ma parole..

— Je vous crois, acquiesça Andreas. Ce qu'elle redoute plus que tout, c'est le scandale que cette nouvelle pourrait provoquer au sein de nos familles respectives si elle venait à être dévoilée. Personne ne le souhaite.

Guion acquiesça d'un hochement de tête..

— À présent, j'ai besoin de connaître vos intentions. Souhaitez-vous être un père pour Ari et partager le droit de garde ? Si tel est le cas, sachez que Lia vit à Athènes. Vous devrez donc vous y rendre. C'est ce qu'il me faut faire, moi aussi, quand je veux le voir. Je ne vous cacherai pas qu'il est mon soleil, ma vie.

Zoe sentit l'émotion lui nouer la gorge. Andreas était fou de cet enfant.

Le visage de Guion s'était tendu..

— Ma première épouse s'est remariée, dit-il, mais nous avons une fille en commun, Cécile. Je lui apporte une aide financière et je m'efforce de la voir le plus souvent possible. À l'heure actuelle, je suis séparé de ma seconde épouse, mais ce n'est pas de mon fait et c'est loin d'être ce que je souhaite. J'ai perdu pas mal d'argent de notre couple en voulant créer une autre entreprise. Mon cousin Philippe m'aide en ce moment, pour que je puisse me remettre à flot et reprendre la vie commune avec Vivige et mon fils Dominic. Mais si je disais la vérité à mon épouse, si je lui avouais que j'étais avec des amis, ce week-end-là, qu'ils m'ont convaincu de venir à une fête sur le yacht des Palaskas et que je me suis enivré, elle refuserait catégoriquement de reprendre notre relation. Je me souviens à peine de ce qui s'est passé, cela ne signifie rien pour moi. Je regrette amèrement la façon dont je me suis comporté, mais il est trop tard..

— Si vous l'aimez, il faut vous efforcer de la convaincre, conseilla Andreas.

Zoe apprécia beaucoup cette remarque. Une fois de plus, elle témoignait de l'humanité d'Andreas et de sa capacité à comprendre autrui..

— C'est ce que je fais, mais elle n'acceptera jamais que j'aie pu être lui infidèle. Et si, en plus, elle apprend que je suis père d'un enfant qui n'est pas le nôtre…

Zoe croisa le regard d'Andreas. Ils sentaient tous deux combien cet homme était malheureux, submergé par la culpabilité et les problèmes.

Guion leva vers eux son visage soucieux..

— Si j'ai bien compris, personne n'est au courant ?

Andreas acquiesça..

— Eliana Palaskas est la meilleure amie de Lia et je pense qu'elle a compris depuis. Les seuls qui savent, ce sont mes grands-parents, Zoe ici présente, mon avocat et celui de Lia. C'est tout..

— Les parents de Lia ne savent rien ?.

— Non. Vous avez ma parole, personne dans mon entourage ne saura rien si vous décidez de ne pas revendiquer votre paternité sur Ari. C'est à vous de décider..

— Je suis incapable de réfléchir tout de suite..

— Je comprends, dit Andreas d'un ton plein de compassion. J'ai des photos d'Ari dans mon téléphone. Elles sont récentes, je les ai prises il y a deux jours. Voulez-vous les voir ?

Guion secoua la tête..

— Non. C'est vous qui êtes son père depuis le début. Il est préférable que je ne le voie pas et qu'il ne sache jamais rien..

— Ça, je ne peux pas vous le promettre, Guion. Un jour, Ari pourrait découvrir la vérité par accident, comme j'ai moi-même découvert par accident qu'il n'était pas mon fils biologique. Je lui dirai la vérité quand je l'estimerai capable de l'entendre. Si vous décidez que vous ne voulez avoir aucun contact avec lui, je le lui ferai savoir. Je vous conseillerai d'en parler avec un avocat et de revenir vers le mien. Existe-t-il quelqu'un à qui vous pouvez confier tout cela ? Quelqu'un en qui vous avez totale confiance ?.

— Philippe. Je peux toujours compter sur lui..

— C'est bien. Alors je vais vous dire ce que je vais faire. Ce soir, je regagne Patras. Je vais vous laisser la carte de mon avocat. Quand vous voudrez me contacter, si toutefois vous le souhaitez, appelez-le, il se chargera de me joindre. Pour ma part, je ne reviendrai pas à Nice et je ne vous dérangerai plus en aucune manière..

— Vous êtes un homme étonnant, monsieur Gavras.

Zoe ne pouvait qu'être d'accord avec lui. Combien de fois ne l'avait-elle pas pensé elle-même ?.

— Monsieur Norville ? intervint-elle. Permettez-moi d'ajouter quelque chose, si vous n'y voyez pas d'inconvénient. Je n'ai jamais connu mes parents, ni leur nom ni le genre de personnes qu'ils étaient. Rien. J'ai été élevée successivement dans deux familles d'accueil jusqu'à l'âge de dix-huit ans. Sachez que je donnerais n'importe quoi pour connaître le moindre détail les concernant. Votre fils biologique a beaucoup de chance, parce que vous êtes vivant et qu'il aura la possibilité de vous contacter, si jamais c'est ce qu'il souhaite un jour. Si vous décidiez de ne le reconnaître en aucune manière, pourriez-vous au moins envisager de laisser la situation ouverte au plan de la loi, au cas où il désirerait vous voir ne serait-ce qu'une fois ? Vous parler ? Vous écrire ? Savoir d'où vient son patrimoine génétique ? N'importe quel détail ?

Guion la fixa quelques secondes..

— Je suis désolé que vous n'ayez pas connu vos parents, déclara-t-il finalement..

— Si vous le pensez sincèrement, alors considérez ma requête, je vous en prie, dans l'intérêt d'Ari..

— Je vais y réfléchir, c'est promis.

Guion se tourna vers Andreas..

— Je dois retourner travailler, à présent.

Ce dernier lui tendit la main. Il hésita une seconde, puis il la serra et descendit de voiture..

— Vous aussi, vous êtes étonnante, dit-il à Zoe avant de refermer la portière.

Lorsqu'il eut disparu dans le bâtiment, Andreas attira Zoe contre lui. Il la serra dans ses bras, le visage enfoui dans ses cheveux..

— Vous êtes extraordinaire, Zoe. Grâce à vous, j'ai réussi à lui parler sans qu'il se braque contre moi. Vous êtes un ange d'avoir permis tout cela. Je vous dois beaucoup !

Zoe se laissa aller contre lui. Elle était consciente de l'importance que revêtaient ce voyage et cette entrevue pour lui..

— J'essaie de me mettre à sa place, affirma-t-elle, et je vous admire de lui avoir témoigné autant de compassion. Vous êtes exceptionnel.

Elle posa un baiser dans son cou. Elle aimait cet homme et son humanité.

Andreas saisit son portable..

— Je vais appeler Yorgos et le mettre au courant de ce qui s'est passé. Je mettrai le haut-parleur. Ensuite, j'ai la ferme intention de vous consacrer tout le reste de cette journée. Je pensais que nous pourrions aller visiter la vieille ville. Je connais un restaurant très pittoresque qui sert des spécialités locales. Ensuite, nous pourrons aller nous promener et, pourquoi pas, visiter les musées de la ville, si cela vous dit..

— Oh ! oui ! J'aimerais beaucoup voir le musée Matisse..

— Aucun problème ! Avec plaisir...

Andreas se pencha pour l'embrasser. Un baiser profond et doux qui la bouleversa, une fois de plus. Puis il appela Yorgos..

— Yorgos ? J'ai des nouvelles ! J'ai rencontré Norville et je lui ai tout expliqué.

Zoe vit combien le visage d'Andreas s'était détendu. Son regard brillait, tant il était soulagé..

— Félicitations ! répondit Yorgos. Voilà qui devrait changer les choses avec Lia. J'appellerai son avocat dès que nous aurons raccroché..

— Quand elle saura ce qui s'est passé, j'espère qu'elle changera d'attitude vis-à-vis du droit de garde. Norville ne sait pas encore ce qu'il souhaite faire. Je lui ai donné votre carte et je lui ai dit que je ne reviendrai plus à Nice. Voilà. Je serai de retour à Patras ce soir..

— Excellent ! Nous restons en contact.

Andreas raccrocha et reprit Zoe dans ses bras. Elle savait quel soulagement il devait éprouver, quel poids venait de lui être ôté des épaules. Elle-même se sentait le cœur léger, et elle espérait seulement que, si Guion décidait de ne rien avoir à faire avec Ari, il lui laisserait tout de même la liberté de pouvoir le voir ou lui parler, un jour.

Le chauffeur les conduisit dans la vieille ville. Ils admirèrent l'architecture, les hôtels et les magnifiques immeubles qui donnaient à Nice son charme si particulier. Deux heures plus tard, ils achevaient de déjeuner dans un très joli restaurant aux murs de pierre et de brique qui servait des mets savoureux.

Ils déambulèrent longuement dans les ruelles pittoresques de la vieille ville, puis la limousine les conduisit jusqu'à la villa du XVIIe siècle qui abritait la collection Matisse.

Zoe saisit le bras d'Andreas..

— Si je devais rester enfermée longtemps dans un lieu, je choisirais celui-ci. La façon qu'a Matisse de peindre les fleurs, une femme allongée ou la vue que l'on a d'une fenêtre m'émerveille, et le choix de ses couleurs me transporte. Et vous, quel est votre peintre préféré ?.

— J'aime beaucoup Van Gogh. Il me parle..

— Moi aussi, j'adore ses œuvres. J'aime également les sculptures de Rodin, surtout *Le Baiser* et *L'Éternel Printemps.*

Le regard d'Andreas s'illumina..

— Elles font partie de mes préférées, c'est incroyable, non ?

Zoe sentit ses joues s'empourprer..

— Je ne les ai vues qu'en photo, évidemment. J'aimerais beaucoup aller à Paris, un jour, pour les voir en vrai, conclut-elle.

Il était temps de changer de sujet..

— Quels sont les artistes grecs que vous aimez ?.

— Il y a une sculpture qui représente Hermès portant Dionysos enfant. Elle est l'œuvre de Praxitèle. Elle se trouve au musée archéologique d'Olympie. J'avais une dizaine d'années lorsque mes parents m'y ont emmenée. Ma mère disait que ce petit enfant lui faisait penser à moi. Je n'y avais plus songé jusqu'à l'opération d'Ari. Étrangement, Ari me rappelait cet enfant. Ma mère avait acheté une carte postale que j'ai toujours gardée..

— J'aimerais beaucoup la voir..

— Je vous la montrerai en rentrant, ce soir..

— En parlant de rentrer, il serait temps, je crois, de gagner l'aéroport, dit Zoe. Il y a des heures que je vous traîne dans Nice, et je sais que vous êtes impatient de rentrer..

— Si je suis impatient, c'est parce que j'ai hâte de me retrouver vraiment seul avec vous.

Zoe le regarda. Elle en avait follement envie, elle aussi. Tandis qu'ils quittaient la superbe villa, elle était consciente qu'ils avançaient rapidement vers un point de non-retour.

Si Lia persistait à se montrer exigeante, sachant que Guion était maintenant au courant de la situation, elle-même n'aurait plus qu'à regagner la Californie. Elle refusait absolument d'être un enjeu. Il ne fallait pas qu'à cause d'elle Andreas ne puisse pas obtenir la garde d'Ari, qui lui tenait tant à cœur.

Ils remontèrent dans le jet privé et dînèrent en vol. Andreas appela son assistant, passa plusieurs coups de fil professionnels, puis un appel plus personnel à l'un de ses oncles. Lorsqu'ils atterrirent à Patras, ils retrouvèrent la voiture. Toutefois, sur le chemin du retour, elle le vit prendre la route de Kalamaki..

— Je pensais que vous me rameniez chez moi, dit-elle..

— C'est que… J'ai envie que vous restiez avec moi, ce soir. Je vous emmène dans ma maison.

Zoe sentit son pouls s'emballer..

— Non, Andreas, je vous l'ai déjà dit. Et les raisons n'ont pas changé. Lia vous fait surveiller. Tout ce dont elle a besoin, c'est d'une photo de vous et moi pénétrant ensemble dans la villa où elle a vécu avec vous pour s'enflammer de nouveau. Il faut vraiment que le problème du droit de garde ait été réglé avant.

Lorsqu'elle vit le visage d'Andreas se tendre, ses doigts se crisper sur le volant, elle sut qu'elle venait de jeter une ombre sur ce qui avait été un après-midi et une soirée inoubliables. Au premier carrefour, il fit demi-tour et regagna le centre-ville..

— J'avais espéré vous faire profiter de la villa. Demain, vous auriez pu vous baigner tout à loisir dans la piscine, vous détendre au soleil pendant que j'étais à mon conseil d'administration. Au lieu de cela, lorsque je passerai vous chercher chez vous, après le conseil, ce sera pour découvrir que vous n'êtes plus là..

— Andreas…

Zoe se rendait compte qu'elle avait dû sérieusement ébranler sa confiance lorsqu'elle était partie pour l'Italie sans le prévenir..

— Je ne quitterai pas Patras, c'est promis. Pendant votre réunion, j'irai faire des courses. Je vous en prie, ne le prenez pas mal !.

— Vous n'avez pas l'air de comprendre… Je n'ai pas envie que vous vous éloigniez de moi.

Zoe ferma un instant les yeux en pressant les paupières..

— Moi non plus, je n'ai pas envie d'être loin de vous et j'aime chaque minute que nous passons ensemble, mais tant que vous vous battrez pour ce droit de garde, nous devons nous montrer prudents. Si quelque chose se passe mal à cause de moi, je ne me le pardonnerai jamais.

Ils arrivaient devant son immeuble. Andreas se gara et coupa le contact..

— Regardez-moi, Zoe. Comment pourriez-vous être en quoi que ce soit responsable ? Lia ne peut pas m'empêcher de voir mon fils. Sa tactique ne marchera pas, et toutes ses manigances vont échouer. Dans quelques jours, tout sera réglé..

— Je l'espère aussi, Andreas. Voilà pourquoi je vais vous souhaiter bonne nuit, à présent. Restez dans la voiture, je vous en prie. Il se trouve probablement quelque détective, engagé par elle, en train de nous épier. Ne leur donnons pas les preuves qu'ils recherchent, ni plus de raisons qu'ils n'en ont déjà de vous mettre des bâtons dans les roues. Je vais rentrer seule chez moi.

Elle ouvrit la portière..

— Attendez….

— Non, coupa-t-elle d'un ton ferme. Il vaut mieux que je rentre seule. J'attends votre appel, demain matin. Rentrez chez vous et tâchez de dormir, afin d'être en forme pour votre réunion.

Zoe avait rassemblé tout son courage pour prononcer ces paroles sans craquer..

— J'ai passé une journée merveilleuse, Andreas. Je ne l'oublierai jamais.

Elle partit en courant et l'entendit crier son nom. Mais elle referma très vite la porte du hall d'entrée et se précipita vers son appartement avant d'abandonner toute résistance et de lui demander de rester avec elle.

Cette situation ne pourrait plus durer très longtemps.

Son corps tout entier était douloureux tellement elle avait envie d'Andreas. Un désir fou la taraudait. Elle aimait cet homme et elle en souffrait. L'amour qu'elle éprouvait pour lui n'était pas de la même essence que celui qu'il éprouvait pour son fils. Comme il l'avait dit à Guion, Ari était sa vie et cette vie était plus importante que ce qui les liait, Andreas et elle. Que ce qu'ils partageaient.

Dans quelques jours, avait-il dit, tout serait réglé. Cela sous-entendait qu'ils pourraient être vus ensemble sans que cela pose problème. Pourtant, elle avait des doutes à ce sujet. Elle n'était pas aveugle. Lia n'avait pas renoncé à Andreas et elle se battait pour rallumer en lui l'amour qu'il avait jadis éprouvé pour elle.

Zoe prit une douche et se lava les cheveux. Lorsqu'elle

les eut séchés, elle enfila sa chemise de nuit et se glissa entre les draps en priant pour que le sommeil vienne vite. Cette fois, elle n'avait envie de se confier à personne au sujet de ce qu'elle éprouvait. Personne ne pouvait résoudre son problème.

L'épouse d'Andreas s'était sentie menacée lorsqu'elle avait vu Zoe dans la suite, à Athènes. Oh ! pourquoi était-elle venue avec lui, ce jour-là. Tout était sa faute... Cependant, à quoi bon ressasser les problèmes ? Ce qui était fait était fait.

Zoe se retourna à plat ventre, la tête enfouie dans l'oreiller, et les larmes commencèrent à affluer dans ses yeux. Un instant plus tard, elle sanglotait. Elle avait dit à Andreas qu'elle ne partirait pas, mais, dans son esprit, cela signifiait qu'elle serait là pour lui le lendemain.

Elle était convaincue que Guion ne réclamerait rien concernant Ari et qu'il le ferait stipuler par écrit par son avocat, afin de sauver son mariage. Quant à Andreas, elle avait l'intention de lui dire au revoir, de le quitter sans attendre. Un jour, il obtiendrait son divorce. Il serait libre et ils pourraient alors se retrouver. Elle en était là de ses réflexions lorsque le sommeil la surprit.

9

Dès que le conseil d'administration fut terminé, Andreas serra son grand-père dans ses bras et gagna très vite le parking pour récupérer sa voiture. Il était midi. Zoe devait se demander ce qui se passait pour qu'il mette autant de temps.

La sonnerie de son portable retentit soudain, et il jeta un coup d'œil à l'écran pour voir qui l'appelait. À sa grande surprise, le numéro affiché était celui de son employée de maison..

— Gaia ?.

— Je vous prie de m'excuser de vous déranger, *kyrie*. Je sais que vous êtes en réunion, mais je me dois de vous mettre au courant..

— Ne vous inquiétez pas, la réunion est terminée. Que se passe-t-il ? Je vous sens perturbée..

— *Kyria* Gavras vient d'arriver à la villa en taxi, avec votre petit garçon.

Andreas fronça les sourcils. Lia avait pris l'avion pour Patras avec Ari ? De toute évidence, la nouvelle de sa rencontre avec Norville avait suscité une réaction tout à fait inattendue de sa part..

— Je ne savais pas ce que je devais faire, alors je l'ai laissée entrer. Elle est dans la chambre d'Ari..

— Tout va bien Gaia, ne vous inquiétez pas. Merci de m'avoir mis au courant. J'arrive.

Andreas avait déjà pris le chemin de l'appartement de Zoe, mais il rebroussa chemin et se dirigea vers sa villa. Tout en conduisant, il appela la jeune femme..

— Andreas ? répondit-elle. Votre conseil d'administration n'est toujours pas terminé ?.

— Si. Et je m'apprêtais à vous rejoindre, mais il y a eu un contretemps. Mon employée de maison m'a appelé pour me dire que Lia vient d'arriver à la villa avec Ari..

— C'est incroyable..

— Notre visite à Nice a dû la secouer..

— C'est plutôt une bonne nouvelle, non ? Si elle est venue pour vous parler, cela signifie que vous allez peut-être pouvoir trouver un arrangement sans passer par vos avocats respectifs. Quoi qu'il en soit, ne vous inquiétez pas pour moi, je vais grignoter quelque chose en ville et attendre votre coup de fil.

Andreas songea que, décidément, Zoe était toujours positive, toujours prompte à l'encourager. Il songea qu'il l'aimait tellement qu'il perdrait la raison s'il ne parvenait pas à la convaincre qu'ils étaient faits l'un pour l'autre..

— Je vous rappelle le plus tôt possible. Vous me manquez, je ne peux pas me passer de vous !

Il s'interrompit, avant d'ajouter dans un souffle :

— Ne l'oubliez surtout pas !

Puis il raccrocha et enfreignit allègrement les limitations de vitesse pour gagner la villa. Une fois arrivé, il se gara à la hâte et courut jusqu'à la chambre d'Ari.

De la porte, il aperçut Lia. Assise près du lit, elle regardait son fils dormir. Elle avait sorti la boîte contenant ses petits trains de bois. Ils étaient tous alignés, comme Ari avait coutume de le faire, et ce spectacle fit naître en lui une bouffée d'émotion. Il y avait si longtemps qu'il n'avait plus vu son fils dans cette chambre. Il avait l'impression que cela faisait une éternité.

Lia avait dû sentir sa présence, car elle se leva brusquement et le rejoignit dans le hall..

— Gaia n'a pas perdu de temps pour t'appeler, je vois, dit-elle, la mâchoire crispée..

— Si nous allions discuter dans le solarium ? suggéra Andreas à voix basse. S'il se réveille, nous l'entendrons.

Suivi de Lia, il gagna le salon qui ouvrait sur le jardin. Lia prit place sur un canapé, tandis qu'Andreas préféra rester debout..

— Si tu m'avais mis au courant de ta venue, j'aurais déplacé mon conseil d'administration et j'aurais été là pour t'accueillir..

— Je ne me suis décidée que ce matin.

Andreas songea que cela lui ressemblait tout à fait. Elle avait toujours été impulsive. Comme il lui paraissait étrange d'avoir pu l'aimer, l'épouser ! Aujourd'hui, il n'éprouvait plus rien pour elle..

— Pourquoi es-tu là, Lia ? demanda-t-il..

— Mon avocat m'a dit que tu étais allé à Nice. Je veux savoir ce que Guion a l'intention de faire. Je préfère l'apprendre de toi plutôt que par lui. Il faut que je prévienne mes parents si jamais le pire se produit.

Lia craignait plus que tout au monde la réaction de ces derniers. Elle avait besoin de leur aide, notamment financière, pour vivre..

— Il vient de se séparer de sa seconde épouse, mais il cherche à sauver leur mariage. À mon avis, il ne demandera rien concernant Ari..

— Ce qui signifie que mes parents pourraient n'être jamais mis au courant ? murmura Lia..

— Exactement. Guion a déjà deux enfants de deux

épouses différentes. Mais il peut toujours changer d'avis avant de signer un document officiel. Il faut attendre et voir.

Lia leva les yeux vers lui. Elle avait les traits tirés..

— Qu'as-tu l'intention de faire ?.

— Certainement pas de partir pour les États-Unis en emmenant Ari avec moi, si c'est ce que tu crains. Si tu as pensé une seconde que je pourrais agir ainsi avec toi, la mère de notre fils, c'est que tu n'as jamais vraiment compris qui j'étais..

— Tu te trompes, je sais très bien qui tu es, dit Lia, sa voix se brisant soudain. Si j'ai dit cela, c'est parce que j'étais meurtrie que tu aies trouvé quelqu'un d'autre aussi rapidement..

— Ce n'était pas rapide, Lia. Tu as été la première, la seule femme à qui j'ai jamais demandé de m'épouser. J'avais prévu de passer ma vie entière à tes côtés. Mais tu m'as exclu en couchant avec Guion. Et nous étions devenus des étrangers avant même de prononcer nos vœux..

— Je t'ai toujours dit que cela n'avait eu aucune importance pour moi.

Andreas la croyait. Comme Guion, Lia avait trop bu ce soir-là..

— Mais cela en a eu en ce qui me concerne. Après avoir parlé avec Norville, je peux dire qu'il regrette autant que toi ce qui s'est passé. Cette infidélité a détruit notre mariage ainsi que le sien. Peux-tu me dire ce qui t'a amenée à me déclarer instable et à vouloir suspendre mon droit de visite en attendant une expertise psychiatrique ?

Lia détourna la tête, refusant de croiser le regard d'Andreas..

— C'était une idée de mon avocat. Le but était de te faire peur afin que tu quittes Zoe Perkins. Il a toujours su que je souhaitais que nous revivions ensemble..

— Mais nous savons tous deux que cela ne se produira jamais. Es-tu déjà installée dans ta villa ?.

— C'est en train de se faire, répondit Lia, la voix tremblante. Les travaux sont quasiment terminés..

— C'est bien.

Andreas hocha la tête. C'était même parfait..

— Tu vas l'épouser quand le divorce sera prononcé ? demanda Lia..

— Si elle veut de moi..

— Dans ce cas, tu ne peux pas me promettre que tu n'emmèneras pas Ari à l'étranger.

Andreas prit une grande inspiration, s'efforçant de conserver son calme..

— Si Zoe accepte de devenir mon épouse, peut-être qu'un jour nous irons en voyage en Californie, à Santa Monica, là où elle a été élevée par ses parents adoptifs. Mais si nous y allons, ce sera quand Ari sera plus âgé et capable d'entreprendre un voyage assez long.

Lia écarquilla de grands yeux..

— Elle n'a pas de vraie famille ?.

— Ses parents adoptifs sont sa vraie famille. Une famille qui n'est pas biologique, c'est tout. Si nous nous marions, nous vivrons ici, à Patras, et toi et moi nous gérerons la garde alternée d'Ari..

— Comment peux-tu envisager d'épouser une femme comme elle ?

Andreas étudia un instant les traits figés et durs de son ex-femme. Il aurait voulu lui dire que cela ne la regardait pas, mais il ne le fit pas. Il était naturel qu'elle se pose des questions au sujet de celle en compagnie de qui il élèverait Ari, si toutefois la justice lui en donnait le droit..

— Si je devais faire la liste de ses qualités, je ne sais pas où je m'arrêterais. Zoe s'est mariée jeune, mais son mariage n'a pas duré longtemps, un an et demi seulement, à cause de l'infidélité de son mari. Ils n'ont pas eu d'enfant.

Lia se détourna..

— Elle s'est toujours accrochée pour poursuivre ses études et réussir. Elle faisait du baby-sitting pour gagner un peu d'argent. Ensuite, grâce à ses résultats, elle a obtenu une bourse qui lui a permis d'entrer à l'université et elle travaillait à la bibliothèque. Aujourd'hui, elle enseigne à UCLA, l'université de Californie, et elle s'est distinguée par ses recherches. Elle contribue à un film sur Lord Byron, qui se tourne en ce moment à Hollywood. Un film sur la période où ce grand poète se trouvait en Grèce et au cours de laquelle il a aidé notre pays à combattre les Turcs.

Lia se retourna brusquement vers lui..

— Comment vous êtes-vous rencontrés ?.

— Par accident, au sens propre du terme, en plein centre de Patras. Un camion a percuté le taxi dans lequel elle se trouvait. Ma limousine roulait juste derrière, et c'est moi qui ai appelé les secours. Rencontrer une femme ce jour-là était la dernière chose à laquelle je m'attendais. Notre séparation était toute récente. Nous sommes devenus des amis tout d'abord, rien de plus..

— Je n'ai aucune envie d'en entendre davantage sur ce modèle de perfection ! coupa Lia d'un ton amer..

— La balle est dans ton camp, à présent, reprit Andreas. Qu'as-tu l'intention de faire ? Retourner en justice ? Je me soumettrai à l'expertise psychiatrique, si cela peut te satisfaire. Que dois-je faire de plus pour avoir le droit de passer du temps avec notre fils ?

Il vit Lia pincer les lèvres..

— Tu peux déjà l'avoir avec toi tout de suite et pour deux jours, puisque je retourne à Athènes. J'adorerais l'emmener, mais je ne vais pas lui faire ça. Il avait tellement hâte de revoir son *baba*. Tu pourras me le ramener dimanche. J'ai apporté des affaires pour lui..

— Merci, Lia..

— Je vais dire à mon avocat que nous attendons des

nouvelles de Guion. Tout dépend de lui, à présent, et du désir qu'il exprimera ou pas d'exercer ses droits. Et de déclencher un scandale… En attendant que son avocat parle avec le mien, ne compte pas venir voir Ari à Athènes ! Sinon, je ferai suspendre ton droit de visite..

— Tu ne peux pas faire ça..

— C'est toi qui le dis. Je te rappelle que tu as ouvert les hostilités en allant voir Guion.

Andreas sentit sa poitrine se serrer. Il ne parviendrait pas à lui faire entendre raison. Lia éprouvait une peur panique de l'avenir avec, en plus, la menace que représentait la présence désormais incontournable du père biologique d'Ari. Mais elle ne pourrait pas tenir longtemps Ari éloigné de lui..

— Tu m'as entendue ? insista-t-elle..

— Oui, je t'ai entendue.

Andreas se donnait jusqu'au lundi pour voir ce que Norville entendait faire. Ensuite, il demanderait à Yorgos d'agir..

— La limousine attend pour m'emmener à l'aéroport, poursuivit Lia. Je préfère partir tant qu'Ari dort. Lorsqu'il se réveillera, ce sera l'heure de son goûter.

Andreas regarda Lia quitter la pièce et s'éloigner, avant de gagner à son tour le hall et la chambre d'Ari. Ce dernier dormait toujours, allongé sur le ventre, vêtu de son petit short blanc et de sa marinière rayée. Mais il ne tarderait pas à se réveiller. Andreas profita du temps qu'il lui restait pour appeler Zoe.

Elle décrocha à la seconde sonnerie..

— Andreas ?

Au son de sa voix, il sut qu'elle s'était inquiétée. Il se devait de la rassurer..

— Lia est repartie pour Athènes en me laissant Ari jusqu'à dimanche. Je vous expliquerai. Où êtes-vous ?.

— À mon appartement..

— Je vous envoie la limousine. Elle sera là dans une dizaine de minutes. Le chauffeur vous ramènera à la villa. Prenez des affaires de rechange et votre maillot de bain. Quand le petit se réveillera de sa sieste, nous profiterons de la piscine..

— Vous êtes certain que cela ne pose pas de problème ?.

— Vous n'avez pas confiance en moi ?.

— Bien sûr que si, et vous le savez ! protesta Zoe. Vous devez être fou de joie d'avoir Ari avec vous pour le week-end..

— Son arrivée est un cadeau.

Andreas songea que Zoe aussi en était un. Un cadeau inestimable que lui avait fait la vie..

— À très vite. J'ai hâte de vous voir, dit-il..

— Moi aussi.

Dès qu'ils eurent raccroché, Andreas demanda à son chauffeur d'aller chercher Zoe. Puis il téléphona à Yorgos pour lui raconter ce qui s'était passé avec Lia..

— Espérons seulement que Norville prendra rapidement sa décision pour que nous puissions mettre un terme à toute cette histoire, dit Yorgos. Si ce n'est pas le cas, vous n'aurez plus d'autre choix que de mettre les parents de Lia au courant. Et le problème sera enfin résolu..

— Ce n'est pas ce que je veux. Je ne m'y résoudrai qu'en dernière extrémité, répondit Andreas, soucieux..

— C'est tout à votre honneur. Bon, nous restons en contact, conclut Yorgos.

La conversation terminée, Andreas gagna sa chambre pour se changer. Il enfila un maillot de bain et un T-shirt et prépara des serviettes de bain.

Il allait enfin être seul avec Zoe et Ari, chez lui. Il avait attendu si longtemps pour avoir ce privilège ! Un jour, très bientôt, il espérait pouvoir réaliser le projet si cher à son cœur : épouser Zoe.

Subjuguée, Zoe contemplait le paysage qui défilait devant ses yeux tandis que la limousine longeait la côte. Elle vit apparaître la villa d'Andreas, avec ses murs couleur crème et son toit de tuiles rouges. Elle s'élevait, superbe, dans ce qui n'était plus un jardin mais un parc, et elle bénéficiait d'une vue imprenable sur une plage magnifique et sur la baie de Patras. De tous côtés, ce n'étaient qu'oliviers, citronniers, et parterres de fleurs.

Quand la limousine s'avança dans l'allée, Zoe aperçut la Mercedes d'Andreas. Ce dernier l'attendait, visiblement prêt à aller se baigner. Chaque fois qu'elle le voyait, c'était comme la première fois. Elle éprouvait cette sensation de souffle coupé et une émotion folle gagnait son corps tout entier. Cet homme était extraordinaire à bien des égards. Comment Lia avait-elle pu lui être infidèle ? Cela dépassait l'entendement…

Zoe supposa que la situation avait dû s'arranger avec elle. Sinon, elle ne serait pas venue à Patras et ne lui aurait certainement pas laissé Ari tout un week-end.

Andreas s'avança pour lui ouvrir la portière..

— Ah, enfin, vous voilà ! s'exclama-t-il en l'aidant à descendre.

Il prit son sac de voyage et la précéda dans le hall d'entrée.

Celui-ci était spacieux, lumineux et agrémenté de superbes plantes. En regardant par la baie vitrée, Zoe aperçut la piscine et, au-delà, l'immense parc..

— Oh ! Andreas, c'est…

Elle n'eut pas le temps d'en dire davantage. Déjà Andreas l'attirait dans ses bras et prenait sa bouche avec fougue. Son corps intimement pressé contre lui, elle se sentit chavirer. Combien de temps dura ce moment où ils laissèrent s'exprimer le désir insatiable qui les poussait l'un vers l'autre, la soif qu'ils avaient de s'aimer ? Zoe n'aurait su le dire et peu importait. Elle était exactement à l'endroit où elle avait envie d'être, chez cet homme, blottie dans ses bras puissants. Et le désir qui taraudait son corps et lui donnait l'envie de s'abandonner totalement n'avait jamais été aussi fort.

Andreas la souleva dans ses bras, comme il l'aurait fait d'une nouvelle mariée, et la conduisit jusqu'à l'aile où se trouvaient les chambres. Il vérifia qu'Ari dormait encore puis l'emmena dans la chambre voisine. Aussitôt, ils roulèrent ensemble sur le grand lit, et Andreas se mit à dévorer sa bouche.

En proie à un bonheur indicible, le corps parcouru de frissons, Zoe se sentit perdre pied. Et tandis qu'Andreas la serrait plus fort encore contre lui et glissait une jambe entre les siennes, elle enfouit les doigts dans ses cheveux, caressa son visage comme si elle pouvait ainsi imprimer à jamais en elle chaque détail de cet homme. Les mains impatientes qui la caressaient allumaient un feu insensé dans tout son corps..

— Je vous aime, Andreas, souffla-t-elle, incapable de retenir les mots qui se bousculaient en elle. Je vous aime tellement que ça me fait peur.

Ces mots lui avaient échappé au moment où elle se sentait perdre tout contrôle dans ses bras..

— Nous allons nous marier, Zoe, il le faut. Je ne peux plus me passer de vous, répondit Andreas, en proie à la même fièvre.

Il chercha son regard et le soutint..

— Dites-moi que vous deviendrez ma femme dès que mon divorce sera prononcé.

Avant que Zoe ait eu le temps de répondre, une petite

voix se fit entendre dans la pièce voisine. Ari s'était réveillé et on l'entendit secouer les barreaux du lit de toutes ses forces en appelant « *baba* ».

Andreas se leva, suivi de Zoe, qui le vit soulever l'enfant dans ses bras et l'embrasser tendrement.

Ari avait le visage encore ensommeillé et ses petites joues étaient toutes roses. Andreas lui retira sa couche, lui mit un maillot de bain et lui enfila des sandales. Puis il revint vers Zoe..

— Tu te souviens de Zoe ? demanda-t-il à son fils.

Ari ne réagit pas et ne parut pas s'intéresser à elle..

— Il doit être un peu désorienté par ma présence..

— Il va falloir qu'il s'y habitue. Vous allez très bientôt faire partie intégrante de notre vie.

Zoe ne lui avait pas répondu. Elle ne lui avait pas dit qu'elle l'épouserait. Toutefois, à l'entendre évoquer cette perspective, un frisson d'excitation la parcourut tout entière..

— Suivez-moi, dit Andreas en l'enveloppant du regard. Nous avons laissé votre sac dans l'entrée. Je vais vous conduire jusqu'à la chambre d'amis où vous pourrez vous changer.

La villa était une pure merveille d'architecture moderne. Vaste, aérée, lumineuse, avec de grands tableaux d'art contemporain et de nombreuses plantes vertes, véritable explosion de couleur contre les murs blancs. Andreas l'accompagna dans la chambre d'ami, où elle put profiter de la salle de bains pour se mettre en maillot. Puis elle enfila une chemise légère par-dessus.

Lorsqu'elle ressortit, Andreas l'attendait. Elle sentit son regard glisser lentement sur elle, sur son visage, sur son corps, manifestement admiratif du moindre détail, et son cœur s'emballa soudain. Elle le suivit alors, marchant sur les superbes dalles grecques du sol, et ils parvinrent à la cuisine, véritable paradis de design et de technologie.

Ari se tourna vers elle par-dessus l'épaule de son père..

— Tu me reconnais, maintenant ? demanda-t-elle. Je suis Zoe.

Pour son plus grand plaisir, Ari répéta son nom, et Andreas se mit à rire..

— Nous allons prendre un goûter pour lui. Désirez-vous une boisson, Zoe ? ajouta-t-il..

— Très volontiers..

— De la citronnade ?.

— Parfait.

Andreas sortit deux bouteilles de citronnade du réfrigérateur, puis ils gagnèrent l'extérieur, la vaste terrasse pavée de mosaïques qui s'étendait jusqu'à la piscine, rectangle d'un bleu intense dans la lumière de la fin d'après-midi..

— Voilà qui explique pourquoi vous êtes dans une forme aussi fabuleuse ! s'exclama Zoe.

Beau comme un dieu de l'Olympe, songea-t-elle..

— Fabuleuse, je ne sais pas. Disons que je tâche de m'entraîner un peu chaque matin, avant de partir travailler..

— Quel paradis, ce lieu !

Deux tables basses ombragées par de grands parasols se trouvaient au bord de la piscine. Il y avait aussi des chaises longues au tissu rayé bleu et blanc. Des couleurs qui, pour Zoe, évoqueraient à jamais la Grèce. Andreas avait déjà apporté des serviettes et quelques jouets pour Ari, dont un petit matelas pneumatique et un ballon.

Dès qu'il eut posé son fils sur le dallage, ce dernier courut après le ballon qui tomba immanquablement dans la piscine, manœuvre dont s'amusèrent Andreas et Zoe.

Zoe ôta sa chemise, dévoilant son maillot de bain blanc une pièce zippé sur le devant et orné de rayures noires et blanches au niveau de la poitrine et des hanches. Elle l'avait acheté ici, en Grèce, et, outre le fait qu'elle adorait son élégance, le noir et le blanc étaient ses couleurs préférées pour les maillots de bain.

Elle sentit de nouveau le regard d'Andreas sur elle, et ses joues s'empourprèrent. Soucieuse de dissimuler son trouble, elle gagna le bord de la piscine et plongea, espérant que la fraîcheur de l'eau calmerait son émotion. L'eau était à la température idéale. Ari allait adorer s'y baigner.

Zoe fit quelques brasses tandis qu'Andreas entrait dans l'eau avec Ari et le posait à plat ventre sur le matelas pneumatique. Il lui parlait en grec. L'amour qui unissait le père et le fils était extraordinaire à voir..

— Venez nous rejoindre, dit Andreas.

Zoe gagna l'extrémité la moins profonde de la piscine et s'approcha du matelas..

— Comment dites-vous « tu t'amuses bien ? » en grec ? demanda-t-elle à Andreas.

Lorsqu'il le lui eut dit, elle s'exerça deux trois fois avant de poser la question à Ari. Il ne pouvait pas lui répondre, bien entendu, mais son sourire fut éloquent..

— Tu aimes l'eau, n'est-ce pas ?

Andreas poussa le matelas vers Zoe, et ils se le renvoyèrent plusieurs fois en le faisant tourner. Ari riait aux éclats..

— Je crois qu'il est prêt à entrer dans l'eau, à présent, dit bientôt Andreas.

Il prit le petit garçon dans ses bras et commença à marcher dans l'eau tout en le mouillant délicatement. Puis il le cala contre sa poitrine, et l'enfant fut bientôt immergé jusqu'au cou. Apparemment peu rassuré, il tendit les bras vers Zoe. Elle le prit contre elle, et il referma très fort ses bras autour de son cou.

Elle lui posa un baiser sur la joue..

— N'aie pas peur, tout va bien. Tu verras, bientôt, tu nageras comme un poisson.

Andreas sourit. Il s'approcha, referma les bras autour d'eux et les embrassa tour à tour..

— Je suis si heureux ! Je pourrais passer toute la journée comme ça avec vous….

— Moi aussi, affirma Zoe en lui posant à son tour un baiser sur la joue.

Ils restèrent un moment à barboter dans la piscine, tous les trois, en sécurité dans les bras d'Andreas. Ari embrassa son père à plusieurs reprises. La tendresse qu'il lui manifestait émut Zoe. Elle chérirait pour toujours ce moment dans son cœur.

Au bout de quelques minutes, Ari commença à montrer des signes de lassitude..

— Je crois que mon petit garçon en a assez pour l'instant.

Zoe tendit Ari à son père et tous trois sortirent de l'eau. Elle saisit aussitôt une serviette pour le couvrir et en prit une pour se sécher les cheveux. Andreas assit son fils sur une chaise longue et lui tendit un verre de jus de fruit. Il avait aussi apporté une banane, que Zoe pela pour lui et dont il mordit quelques bouchées..

— Il est vraiment adorable, dit-elle. Je comprends que ce soit si difficile pour vous d'être séparé de lui..

— J'avoue en avoir beaucoup souffert, mais on ne fait pas toujours ce que l'on veut dans la vie..

— Quoi qu'il en soit, vous vous en occupez bien. C'est un enfant plein de vie et il se porte à merveille. On voit qu'il reçoit beaucoup d'amour de vous, et de Lia aussi. Il a énormément de chance..

— C'est très généreux de votre part d'attribuer du mérite à Lia.

Zoe sourit..

— Pourquoi ne le ferais-je pas ? Son manque de jugement lui a coûté son mariage, mais cela ne l'empêche pas d'être une excellente mère. De plus, n'oublions pas que vous en êtes tombé amoureux, ce qui signifie qu'elle ne doit pas manquer de qualités. Dans le cas contraire, elle ne vous aurait pas séduit au point de vous convaincre de vous marier avec elle.

Le visage d'Andreas s'assombrit..

— J'aimerais pouvoir faire preuve de la même générosité à l'égard de votre ex-mari. Je sais qu'il vous a fait énormément de mal..

— Certains hommes ne sont tout simplement pas prêts pour le mariage. J'ai réfléchi à la situation de Guion. Peut-être fallait-il qu'il traverse l'épreuve qui se présente à lui aujourd'hui pour comprendre ce qu'est le véritable amour. Je souhaite vraiment, dans son intérêt et dans celui de sa famille, qu'il parvienne à reconquérir son épouse..

— Que pensez-vous qu'il va faire concernant Ari ?

Zoe secoua la tête..

— Je ne sais pas. Et vous, quel est votre sentiment ?.

— Lia m'a posé la même question, aujourd'hui. Je lui ai répondu qu'à mon sens, Guion ne va pas demander de droit de visite. Elle prie pour qu'il n'en fasse rien et que ses parents ne soient jamais au courant. Ce qui m'amène à vous parler d'une chose qui est la conséquence directe de sa venue à Patras aujourd'hui.

Zoe sentit son cœur se serrer. Elle fut brusquement assaillie d'un mauvais pressentiment..

— De quoi s'agit-il ? demanda-t-elle, tendue..

— Je vous cite les paroles de Lia : « Je vais dire à mon avocat que nous attendons des nouvelles de Guion. Tout dépend de lui, à présent, et du désir qu'il exprimera ou pas d'exercer ses droits. Et de déclencher un scandale… En attendant que son avocat parle avec le mien, ne compte pas venir voir Ari à Athènes ! Sinon… »

Andreas s'interrompit, apparemment trop ému pour poursuivre..

— Sinon ? le pressa Zoe..

— « Sinon, je ferai suspendre ton droit de visite. »

Zoe le considéra, stupéfaite..

— Donc, si je comprends bien, tout repose désormais sur ce que fera ou ne fera pas Guion…, murmura-t-elle..

— C'est ce qu'elle croit, mais elle a tort de penser qu'elle peut faire du chantage et bloquer la situation. Si elle insiste, je mettrai ses parents au courant, et ç'en sera fini des discussions sur la garde d'Ari. Lorsqu'ils connaîtront la vérité, ils arrêteront de payer ses frais d'avocat. Mais je n'en viendrai à cette extrémité que si je n'ai pas le choix.

Zoe savait que rien de tout cela ne serait arrivé si Lia ne l'avait pas vue avec Andreas à Athènes. Mais à quoi bon le lui rappeler ? Il dirait qu'ils avaient déjà fait le tour du sujet. Cependant, la chose était évidente pour elle : tout avait commencé là.

Que se passerait-il si Guion mettait du temps à prendre une décision ? Si un mois ou davantage s'écoulaient avant que l'avocat de Lia ait de ses nouvelles ? La jalousie pourrait l'amener à exercer un chantage sur le droit de garde. Un chantage qui détruirait Andreas.

Il était clair que ce dernier répugnait à mettre les parents de Lia au courant de la vérité. C'était tout à son honneur. Mais il y avait une chose qu'elle pouvait faire, elle. Qu'elle devait faire.

Elle attrapa sa chemise et l'enfila..

— Andreas ? Pendant que vous vous occupez d'Ari, je vais rentrer me doucher et me changer. Ensuite, je nous préparerai à dîner..

— Vous trouverez tout ce que vous voulez dans la cuisine..

— Très bien.

Zoe se pencha vers Ari, qui terminait de manger sa banane, et posa un baiser sur son front..

— À tout à l'heure, *cutie pie* !.

— *Cutie pie* ? répéta Andreas, surpris..

— Oui. Vous qui connaissez si bien l'anglais, je suis étonnée que vous ignoriez cette expression affectueuse ! Ça veut dire petit chou.

Zoe entendit résonner le rire d'Andreas tandis qu'elle gagnait la chambre d'amis. Une fois douchée et les cheveux séchés, elle enfila son jean et son T-shirt et gagna la cuisine. Elle y trouva tous les ingrédients nécessaires pour préparer une salade et une omelette.

Quelques minutes plus tard, Ari entra dans la cuisine, vêtu d'un petit short salopette et babillant en grec. Il s'avança vers elle. Il devait être surprenant pour lui de trouver quelqu'un d'autre que sa mère dans la maison.

Zoe se pencha vers lui et lui sourit..

— *Yassou*, Ari..

— *Yassou* à vous aussi.

C'était Andreas qui venait d'entrer à son tour. Il était si beau, si séduisant, vêtu d'un pantalon kaki et d'une chemise de coton léger, que Zoe sentit son corps tout entier frissonner. Il mit le couvert et apporta sur la table une miche de ce pain grec croustillant qu'elle adorait..

— À table, Ari ! lança-t-il.

Il installa son fils sur la chaise haute et lui donna un verre de lait..

— Il mangera la même chose que nous, précisa-t-il.

Le repas fut très animé. Ari se montrait volubile, mais Zoe ne comprenait quasiment rien de ce qu'il disait. Andreas lui apprit à dire *ghada*, le lait, en grec, puis *salata* pour la salade, afin qu'elle puisse parler un peu avec lui.

Bientôt, il se mit à se trémousser, répétant encore et encore les mêmes mots. Elle se tourna vers Andreas pour qu'il lui en donne la signification..

— Il veut descendre, dit-il..

— J'ai la nette impression qu'il veut vous montrer qu'il est grand et qu'il préférerait s'asseoir sur une vraie chaise, comme nous. Vous voyez ce qui vous attend !.

— Oui, et ça me plaît beaucoup. J'ai hâte de voir ce petit bonhomme se développer et prendre de l'assurance.

Le regard qu'Andreas posa sur elle lui fit chavirer le cœur. Il était temps qu'elle parte..

— Andreas, il faut que je rentre chez moi.

Il fronça les sourcils, le visage soudain tendu..

— Mais j'avais envie que vous restiez avec moi ce soir !

Elle secoua la tête..

— Vous savez pertinemment pourquoi je ne peux pas, alors ne revenons pas sur le sujet. Pouvez-vous demander à votre chauffeur de me raccompagner ? Sinon, j'appellerai un taxi..

— Restez encore un peu ! plaida-t-il. Ari a envie que nous jouions ensemble, tous les trois.

Elle céda et, durant l'heure qui suivit, ils jouèrent, assis à même le sol, sortant les jouets les uns après les autres pour faire des courses de camions et de voitures qui se terminaient en bagarre. Ari riait tellement qu'il finit, une fois de plus, par attraper le hoquet. Et il commençait à être fatigué..

— Je crois qu'il est aussi épuisé que moi, dit Zoe.

Elle se leva et commença à ranger les jouets tandis qu'Andreas mettait Ari en pyjama.

Lorsqu'il fut dans son lit, elle s'approcha..

— *Kalinikta*, Ari, dit-elle.

Elle ne possédait pas beaucoup de vocabulaire, mais elle avait tout de même quelques mots à son actif.

Elle gagnait la porte lorsque le petit garçon l'appela en prononçant doucement son nom. Les larmes affluèrent dans ses yeux en l'entendant. Elle s'efforça de les dissimuler et quitta très vite la pièce.

Elle rassembla ses affaires et regagna la cuisine. Andreas rangeait les assiettes dans le lave-vaisselle. Il se tourna vers elle, l'air grave..

— La limousine vous attend devant la porte..

— Merci pour cette journée merveilleuse.

Zoe n'osa pas en dire davantage. Elle savait ce qu'Andreas aurait voulu entendre. Il espérait qu'elle répondrait favorablement à sa demande en mariage. Or elle ne pouvait l'accepter. La vie d'Andreas était trop compliquée et trop de problèmes demeuraient encore non résolus. C'était injuste, mais elle n'y pouvait rien.

Andreas prit une profonde inspiration..

— Demain matin, nous viendrons vous chercher à 8 h 30. Nous prendrons le petit déjeuner ensemble, puis nous nous rendrons dans un grand parc d'attractions pour enfants. Ari adore faire du toboggan et monter sur les manèges..

— Quoi que vous lui proposiez, il sera partant. Il est tellement heureux d'être avec vous ! C'est un enfant plein de vie et très affectueux.

Zoe ne fit aucun commentaire sur sa proposition pour le lendemain. Elle saisit son sac, et ils gagnèrent ensemble le hall d'entrée. Une fois dehors, il lui ouvrit la portière de la limousine et lui tendit la main pour l'aider à monter. Mais, avant qu'elle ait eu le temps de faire le moindre mouvement, il l'attirait dans ses bras et prenait sa bouche en un long baiser profond et intense.

Lorsqu'il libéra finalement ses lèvres, il plongea son regard dans le sien..

— Je vous mets au défi de trouver le sommeil cette nuit..

— Je ne dors pas très bien depuis que nous nous sommes rencontrés, avoua Zoe d'une voix mal assurée. Je vous aime, Andreas. À présent, vous devriez rentrer, Ari ne dort peut-être pas encore et il risque de vous appeler. Embrassez-le pour moi.

Andreas la fixa d'un regard intense.

Ne me regardez pas comme ça, Andreas…

Le quitter lui brisait le cœur.

Il lui envoya un baiser du bout des doigts lorsque la limousine commença à s'éloigner. Dès que la maison eut disparu au détour de l'allée, Zoe s'empara de son téléphone et appela l'hôtel Adonis, situé dans le centre de Patras. Elle y avait séjourné à son arrivée en Grèce avant de trouver un appartement. Il leur restait une chambre simple pour une nuit. Elle la réserva et précisa qu'elle arriverait une heure plus tard. Elle devait d'abord faire ses bagages. Ensuite, elle prendrait un taxi pour gagner l'hôtel.

10

Andreas regagna l'intérieur de la villa avec la sensation que quelque chose n'allait pas. Le « je vous aime » de Zoe l'avait inquiété. Il lui avait trouvé des accents… d'adieu.

Il passa voir Ari. Ce dernier dormait profondément. Les jeux l'avaient épuisé.

Il saisit son portable pour appeler Zoe mais tomba sur la messagerie. Cela ne lui ressemblait pas : en temps normal, elle aurait répondu à la première sonnerie. Il sentit son cœur se serrer.

Il laissa un message lui demandant de le rappeler puis se précipita dans la chambre d'amis, s'attendant à y trouver une lettre lui apprenant qu'elle quittait la Grèce. Il n'y avait rien, certes, mais pas d'explication non plus.

Andreas sentit comme une main glacée lui étreindre le dos. Il appela Gus, mais lui aussi se trouvait sur messagerie. Il lui laissa un message expliquant ce qu'il voulait et lui demanda de le rappeler au plus tôt. Il s'agissait d'une urgence.

Mort d'inquiétude, il se précipita dans la cuisine, prit une bière dans le réfrigérateur et composa le numéro de Yorgos. Si lui non plus ne répondait pas, il allait devenir fou. Il était 20 h 45, ce n'était pas si tard.

Le téléphone sonna dans le vide, et la messagerie se déclencha. Andreas poussa un grommellement excédé et laissa un message indiquant qu'il s'agissait d'une affaire urgente et qu'il ne devait pas hésiter à le rappeler, même au beau milieu de la nuit. Il fallait qu'ils parlent.

Andreas faisait les cent pas lorsque son portable sonna enfin. C'était Gus. Dieu soit loué ! songea-t-il en décrochant..

— J'ai cru comprendre qu'il y avait urgence..

— C'est une question de vie ou de mort. Je veux que vous retrouviez une jolie jeune femme blonde du nom de Zoe Perkins. C'est une Américaine, enseignante d'université, qui habitait un appartement dans le centre-ville, au 15, Nikita Avenue, plus exactement.

Andreas lui communiqua le numéro..

— Si elle n'est pas encore partie, elle doit être sur le point de le faire. J'ai toutes les raisons de penser qu'elle va se rendre à l'aéroport et prendre le premier vol disponible. Pour les États-Unis, Dijon en France ou Venise en Italie. Sa destination finale est Los Angeles. Gus, trouvez-la ! Et ne la laissez pas partir ! Elle est tout pour moi..

— Je m'en occupe ! assura Gus, avant de raccrocher.

Andreas s'assit à la table de la cuisine et appela son employée de maison. Gaia travaillait pour lui depuis cinq ans. Quand Ari était né, elle avait souvent eu l'occasion de s'occuper de lui. Andreas lui décrivit brièvement la situation. Qu'il ne se fasse aucun souci, lui répondit-elle, elle allait prendre sa voiture et venir tout de suite. Et elle resterait aussi longtemps qu'il aurait besoin d'elle.

— Il est possible que je doive me rendre à Athènes demain.

— Ce ne sera pas un problème. Je suis là dans une demi-heure.

— Merci infiniment, Gaia.

Elle dormirait dans la chambre d'amis, tout près de celle d'Ari, et pourrait ainsi veiller sur lui.

Dès qu'il eut raccroché, Andreas tenta de nouveau de

joindre Zoe. Il se doutait que ce serait en pure perte, mais il fallait qu'il fasse quelque chose, qu'il agisse d'une manière ou d'une autre, sinon il deviendrait fou d'impuissance et d'inquiétude.

Incapable de rester en place, il termina sa bière et retourna jeter un coup d'œil à Ari. Les quelques heures qu'il avait passées avec lui et Zoe l'avaient rendu si heureux qu'il aurait voulu qu'elles ne se terminent jamais.

Quand Gaia arriva, Yorgos n'avait toujours pas téléphoné. Andreas informa son employée qu'il serait peut-être contraint de partir au beau milieu de la nuit et l'installa dans la chambre d'amis. À 23 heures, son téléphone sonna.

Il décrocha aussitôt..

— Yorgos ? Il faut que je vous parle. Il s'est passé beaucoup de choses. Je pensais pouvoir attendre lundi, mais ce n'est plus possible à présent.

Il mit l'avocat au courant de la visite de Lia à Patras et des menaces qu'elle avait proférées..

— Je veux que vous organisiez dès demain une entrevue avec le juge et l'avocat de Lia. Il faut que le juge soit mis au courant de la véritable raison pour laquelle elle ne cesse de me causer des ennuis. Si vous avez besoin que je sois présent, je serai demain à Athènes..

— Je ne pense pas que votre présence soit indispensable. Je dispose de tous les éléments qu'il me faut. Je vais les transmettre au bureau du juge et à l'avocat de Lia. Le juge devrait être en mesure de prendre une décision rapidement..

— Il le faut, Yorgos ! Lorsqu'il apprendra le mensonge de Lia et saura qu'en outre elle redoute que ses parents ne découvrent la vérité, il sera bien obligé de revoir les droits de garde selon mes exigences. Je suis fatigué de tout ce cirque et je n'ai plus envie d'attendre. Je saurai convaincre le juge. Même si je ne suis pas le père d'Ari sur le plan biologique, je le suis de toutes les manières qui importent..

— Cela devrait marcher. Je vais insister pour qu'il rende sa décision demain. Mais je ne peux rien vous promettre..

— Je le sais et j'apprécie tout ce que vous faites..

— Je vous contacte dès que j'ai du nouveau.

Lorsqu'il eut raccroché, Andreas prit une douche pour se détendre et se coucha. Il dormit par intermittence et d'un sommeil agité. À 5 heures du matin, il était réveillé. Il se prépara à la hâte, passa jeter un coup d'œil à Ari pour s'assurer que tout allait bien puis quitta la villa pour gagner le centre-ville et l'appartement de Zoe.

Peut-être que Zoe s'y trouvait encore et refusait de lui répondre. Il attendit, garé devant l'immeuble, jusqu'à 7 heures, espérant la voir sortir. Ce fut en vain. En fin de compte, il se résolut à aller frapper à sa porte. Il n'obtint pas de réponse.

En désespoir de cause, il décida d'aller voir le gardien de l'immeuble. Sa loge n'ouvrait qu'à 7 h 30. Il attendit, adossé à sa voiture, pour ne pas risquer de manquer Zoe si jamais elle sortait. Finalement, le gardien fit son apparition.

Andreas s'avança vers lui..

— Bonjour. Je m'appelle Andreas Gavras. Voici ma carte professionnelle, ajouta-t-il.

Il la sortit de son portefeuille et la lui tendit..

— Je cherche à joindre Zoe Perkins, la jeune femme américaine qui habite l'appartement numéro sept. Elle ne répond pas. Pourriez-vous sonner chez elle ?

L'homme secoua la tête..

— C'est inutile. Elle est partie hier soir.

Andreas l'avait envisagé, mais il sentit sa poitrine se serrer soudain à la confirmation de ses pires craintes..

— A-t-elle laissé une adresse où faire suivre son courrier ?.

— Je crains que non. Tout ce que je peux vous dire, c'est qu'elle paraissait bouleversée..

— Vous l'avez vue partir ?.

— Non, désolé, *kyrie* Gavras. Mais quelqu'un est passé hier soir pour elle. Un monsieur qui la cherchait aussi. Il a réveillé mon épouse, mais Mlle Perkins était déjà partie.

Ce devait être l'un des hommes qui travaillaient pour Gus..

— Merci pour votre aide, répondit Andreas en lui glissant un pourboire dans la main. Si elle revient ou qu'elle vous contacte pour une raison quelconque, pourrez-vous me prévenir au numéro qui est indiqué sur ma carte, je vous prie ?

Le gardien acquiesça d'un signe de tête. Andreas regagna sa voiture et prit le chemin de son bureau. Il allait se plonger dans son travail. C'était le seul remède possible pour combattre l'anxiété qui le rongeait en attendant des nouvelles de Gus et de Yorgos. Ce fut toutefois peine perdue. Il ne parvint pas à se concentrer.

Zoe avait probablement pris un taxi pour l'aéroport. À l'heure qu'il était, elle était peut-être déjà dans les airs, en route pour Los Angeles. Il ne connaissait pas son adresse là-bas. Pour la retrouver, il n'aurait qu'à contacter le département de littérature anglaise de son université. Toutefois, il demeurait peut-être un espoir de la trouver avant qu'elle quitte la Grèce.

Andreas songea que, s'il restait trop longtemps sans nouvelles de Gus, il téléphonerait au domaine Decorvet, en Bourgogne et demanderait à Abby si elle était au courant des projets de Zoe.

Elle l'aimait, elle le lui avait dit, mais il se doutait du raisonnement qu'elle avait dû faire. Il était évident qu'elle estimait que son départ suffirait à apaiser Lia. Or rien n'était moins vrai. La justice, seule, réglerait la situation.

Zoe était toute sa vie. *Je vous en prie, Gus ! Trouvez-la pour moi...*

Zoe passa une nuit affreuse à l'hôtel Adonis. Elle ne s'assoupit que brièvement, et son sommeil fut entrecoupé de sanglots. Lorsqu'elle se leva, au petit matin, elle poursuivit l'exécution de son plan et réserva une place sur un vol de nuit pour New York. De là, elle gagnerait ensuite Los Angeles.

Lorsque ce fut fait, elle se doucha, s'habilla et alla prendre un dernier petit déjeuner en terrasse, dans un café situé dans la même rue que l'hôtel, en emportant du papier pour écrire à Andreas. Elle voulait que ce soit une vraie lettre, dans laquelle elle lui ouvrirait son cœur. Elle rédigea plusieurs pages. Ils avaient vécu tant de choses ensemble ! Les souvenirs se précipitaient dans son esprit et se traduisaient en mots, un flot incontrôlable de mots…

À la fin de la lettre, elle écrivit qu'elle l'aimait, mais qu'il valait mieux, pour lui et son fils, qu'elle quitte définitivement la Grèce.

Aux alentours de 11 heures, elle regagna l'hôtel et confia à la réception l'enveloppe sur laquelle elle avait inscrit l'adresse du bureau d'Andreas. Puis elle remonta rassembler ses affaires et régla sa note. Cela fait, elle attendit dans l'un des canapés l'arrivée du taxi qu'elle avait réservé pour se rendre à l'aéroport.

Elle songea à Andreas. Il devait être levé depuis longtemps et s'occupait sans doute déjà d'Ari. Le peu de temps qu'il passait avec lui était tellement précieux ! Aujourd'hui, c'était dimanche et il allait devoir le ramener à Athènes. Chaque séparation était un véritable crève-cœur.

Pour Zoe aussi. Le seul fait de les imaginer jouant ensemble fit affluer des larmes dans ses yeux. Andreas lui manquait tellement qu'elle en avait mal. Il lui semblait que son cœur était en miettes.

Andreas… Comment vais-je pouvoir vivre sans vous ? Tout est fini.

— *Kyria* Perkins ?

Zoe leva un visage baigné de larmes vers l'employé de l'accueil..

— Votre voiture est là, annonça-t-il.

Elle essuya très vite ses joues et se leva..

— Merci. Je ne pensais pas qu'elle arriverait aussi vite.

L'homme s'empara de son sac de voyage et de sa valise et la suivit à l'extérieur.

Au lieu du taxi que Zoe s'attendait à trouver garé devant l'hôtel, ce fut une Mercedes gris métallisé devenue très familière qu'elle aperçut, le coffre ouvert.

Adossé à la portière avant, il y avait Andreas, plus séduisant que jamais, qui la fixait d'un regard intense plein de flamme. Lorsqu'il lui sourit, elle crut défaillir..

— Andreas… Comment avez-vous su où me trouver ?

Le choc de sa présence et la joie insensée qui s'y mêlait faisaient trembler sa voix. Elle avait peine à croire qu'elle ne rêvait pas, qu'il était bien là, devant elle..

— J'ai mes sources. N'imaginez pas pouvoir vous enfuir de nouveau loin de moi ! Je vous retrouverai et je vous en empêcherai. Venez, je vous ramène à la villa, je crois que nous avons un mariage à organiser. Il faut que l'annonce paraisse dès aujourd'hui dans la presse. Mes grands-parents viennent dîner avec nous ce soir. Ils sont impatients de rencontrer la femme qui m'a redonné goût à la vie et qui a fait entrer de nouveau le soleil dans mon existence.

Zoe ne savait plus que penser. La tête lui tournait et son cœur battait à tout rompre.

— Pourquoi parlez-vous de mariage ? Vous n'êtes pas encore divorcé..

— Si. Je le suis, ça y est. Je vous raconterai tout dans la voiture.

Andreas fit le tour de la Mercedes et lui ouvrit la portière, tandis que l'employé de l'hôtel chargeait les bagages dans le coffre.

Encore sous le choc, Zoe monta dans la voiture. Andreas se pencha et lui effleura les lèvres d'un baiser avant de refermer la portière. Puis il s'installa au volant et démarra.

Lorsqu'ils furent dégagés du flot de la circulation et se retrouvèrent sur la route, il posa la main sur la sienne..

— Je ne vous laisserai pas partir tant que vous ne m'aurez pas donné la réponse que j'attends.

Zoe savait à quoi il faisait allusion, mais l'émotion qu'engendraient tous ces bouleversements était si forte qu'elle avait la gorge nouée..

— Vous savez très bien que devenir votre femme est ce que je désire le plus au monde, articula-t-elle d'une voix à peine audible..

— Accepteriez-vous de m'épouser la semaine prochaine ?

Comment était-ce possible ? Quelques minutes plus tôt, elle avait pensé sa vie détruite et… elle ne savait plus où elle en était. Le monde s'écroulait..

— Je vous épouserais à la seconde si nous le pouvions. Mais je ne crois pas aux miracles..

— Il ne s'agit pas d'un miracle, mais de la réalité. Yorgos a obtenu un rendez-vous chez le juge avec l'avocat de Lia. Lorsqu'il a fait état de ce qui s'était passé, lorsqu'il a révélé la vérité concernant son comportement, le juge a été stupéfait. Il l'a convaincue que le mieux pour elle était d'accepter le divorce. Et il a promis d'accélérer la procédure pour que nous puissions nous marier et partir en voyage de noces. Nous allons enfin réaliser notre rêve, Zoe ! Pour Ari, nous avons convenu, dans l'immédiat, d'une garde alternée de huit jours..

— Oh ! Andreas, c'est merveilleux !.

— Il y a autre chose qu'il faut que je vous dise et qui va vous rendre heureuse. Guion a consulté un avocat, qui s'est mis en relation avec celui de Lia. Il abandonne tous ses droits concernant Ari. Il ne pose qu'un préalable : si un jour Ari veut le rencontrer, il demande que cela se fasse par l'intermédiaire de son avocat et que son épouse ne soit pas mise au courant.

Zoe ferma les yeux. Elle était au comble du bonheur pour Andreas et Ari..

— Il a été sensible à vos arguments, Zoe, ajouta Andreas.

Elle hocha la tête et leva vers lui un visage rayonnant..

— J'ai toutes les raisons de penser qu'un jour Ari se posera des questions. Ce qui est extraordinaire, c'est qu'il pourra alors contacter son père biologique et le voir, peut-être, ne serait-ce qu'une fois. Il ne sera pas contraint de vivre en se demandant sans arrêt qui était l'homme auquel il doit la vie..

— Vous parliez de miracle ? Ce qui se passe pour Ari en est un, et il s'est produit grâce à vous. Au moment où j'étais au plus mal, la tête sous l'eau, vous vous êtes trouvée là, dans ce taxi, comme si c'était le destin vous envoyait dans le seul but que je vous rencontre.

Zoe lui serra très fort la main..

— Pour être tout à fait honnête, lorsque vous vous êtes approché et que je vous ai vu, j'ai cru que l'accident m'avait donné des hallucinations. Vous étiez si beau ! L'image même de la séduction, un dieu grec qui volait à mon secours !

Andreas fronça les sourcils..

— Un dieu grec ? C'est drôle, cette référence !.

— Il faut être américaine et être née à mon époque pour comprendre. Quand nous étions plus jeunes, mes amies et moi, le dieu grec était l'idée que nous nous faisions de la perfection masculine, expliqua Zoe. Voilà pourquoi j'étais si heureuse lorsque mes recherches m'ont amenée à voyager en Grèce, plutôt qu'en Italie ou en France. Magda ne s'est pas rendu compte à quel point nous étions excitées quand elle nous a dit où nous allions.

Le rire chaud, profond d'Andreas fit courir un frisson délicieux dans tout son corps..

— Il va falloir que je fasse la connaissance de cette Magda et que je la remercie de vous avoir envoyée jusqu'à moi..

— Elle ne va pas en croire ses yeux. Ne vous étonnez pas si elle vous propose de tenir le rôle principal dans l'un de ses prochains films. Vous avez tout pour devenir la coqueluche des femmes américaines !.

— Je n'en ai pas la moindre envie ! Il n'y en a qu'une seule qui m'importe, une seule dont j'ai envie..

— Et cette femme-là a envie d'être à vous pour toujours. Je ferai de mon mieux pour être la meilleure belle-mère qui soit pour Ari. Je l'aime déjà..

— Et lui aussi, il vous aime. Vous l'avez littéralement conquis. Vous souvenez-vous combien de fois il vous a embrassée dans la piscine ?

Zoe hocha la tête. Oh oui, elle s'en souvenait !.

— Et ce n'est pas tout, Andreas. Je suis si heureuse de savoir que les parents de Lia ne seront jamais mis au courant de ce qui s'est passé ! Elle avait tellement peur qu'ils découvrent la vérité. Je suis certaine qu'ils adorent Ari. Ils vont pouvoir continuer à l'aimer comme ils l'ont toujours fait, et sans qu'elle ait à s'inquiéter de quoi que ce soit.

— Si Lia est heureuse, la vie n'en sera que plus facile..

— Je suis d'accord. C'est une femme très séduisante. Espérons qu'elle rencontrera bientôt un homme qu'elle puisse aimer… Mais je ne crois pas qu'aucune femme puisse jamais aimer un homme autant que je vous aime !

Andreas ralentit et gara la voiture sur le bas-côté de la route pour se tourner vers Zoe. Il lui prit les deux mains dans les siennes..

— Mademoiselle Perkins, je vous le demande à nouveau

solennellement : voulez-vous m'épouser, unir pour toujours votre vie à la mienne ?

Zoe sentit ses joues s'empourprer sous le coup de l'émotion. Sa gorge était sèche, tout à coup..

— Oui, répondit-elle d'une voix tremblante.

Andreas rayonna en entendant ce mot. Il attira Zoe à lui et la serra dans ses bras à l'étouffer..

— J'ai tellement attendu ce moment, tellement attendu que nos sentiments puissent s'exprimer en toute liberté. Zoe, je vous… je te veux dans mes bras et dans mon lit pour toujours ! Nous allons partir le plus vite possible en voyage de noces. Je laisserai Ari à Lia pendant deux semaines. Il me faudra bien ce temps pour me rendre compte que je ne suis pas en train de rêver. Mais je vais trop vite en besogne… Où souhaiterais-tu que nous nous mariions ? Si tu n'y vois pas d'inconvénient, évitons Athènes.

C'était à Athènes qu'il avait épousé Lia..

— Ce pourrait être dans l'un des lieux magnifiques que j'ai eu l'occasion de voir au cours de mes recherches, depuis que je suis arrivée en Grèce ?.

— Où tu veux ! La décision t'appartient..

— Eh bien, ce serait merveilleux pour moi si nous pouvions nous marier dans la magnifique église de Santorin, avec son dôme bleu et ses murs d'un blanc étincelant. Je trouve que c'est l'un des plus beaux lieux qui soit au monde..

— Maintenant, je sais avec certitude que nous étions faits l'un pour l'autre, commenta Andreas d'une voix profondément émue. À dix-huit ans, alors que je travaillais à la construction d'un de nos hôtels à Santorin, j'ai visité l'église dont tu parles. Elle possède une beauté que je n'ai jamais rencontrée ailleurs. Un mariage y était célébré ce jour-là, et je me suis promis de m'y marier un jour.

Zoe déglutit. L'émotion lui nouait la gorge..

— Tu es sérieux ?.

— Je ne l'ai jamais été autant..

— Tout ce que je suis en train de vivre me semble tellement irréel….

— Je te promets que tout est vrai. Crois-tu que tes amies vont pouvoir venir ? Et ta famille adoptive ? Veux-tu que j'envoie mon avion les chercher ?.

— Si nous nous marions dans quelques jours, je doute qu'ils puissent tous venir..

— Dans ce cas, que dirais-tu de nous marier d'abord en tout petit comité et, dans un mois, d'inviter tout le monde à une grande réception à la villa ? Tous les gens qui comptent pour nous..

— Ce serait parfait..

— Alors, c'est ce que nous allons faire. En plus de ma famille qui est déjà très grande, j'ai pas mal d'amis à inviter, et aussi des relations de travail qui me sont devenues très proches. Tu n'as encore rencontré aucune de ces personnes..

— Tu avais d'autres priorités. Tu étais occupé à tenter de remettre ta vie sur les rails, et dans des circonstances si douloureuses.

Andreas redémarra et, quelques minutes plus tard, il garait la voiture devant la villa. Il prit les bagages de Zoe, et ils entrèrent. Au moment où elle franchit le seuil, Zoe prit conscience que c'était là qu'elle allait vivre désormais, et qu'elle allait devenir *kyria* Gavras.

L'employée de maison les avait entendus arriver. Elle s'avança dans le hall d'entrée avec Ari. Le petit garçon courut vers eux en babillant leurs noms. Zoe songea que cet enfant adorable allait devenir son fils. Son beau-fils, plus exactement, mais cela ne changeait rien. Elle s'occuperait de lui et l'aimerait comme s'il était le sien. C'est ainsi qu'elle le considérerait.

Elle se pencha et l'embrassa. Puis Andreas le souleva dans ses bras et fit les présentations..

— Zoe, je te présente Gaia Salas. Gaia, je vous présente *kyria* Zoe Perkins, de Los Angeles. Gaia est à mon service depuis des années, et je lui fais une confiance absolue. Je tenais à ce qu'elle soit la première à apprendre que tu avais accepté de devenir ma femme. Nous nous marions la semaine prochaine.

Gaia ouvrit de grands yeux..

— Quoi ? Si vite ?.

— Ce n'est encore pas assez tôt à mon goût, répondit Andreas.

Un large sourire s'épanouit sur le beau visage de la grecque..

— Eh bien, félicitations ! Il est grand temps que vous retrouviez le bonheur, je trouve. Et je suis ravie de faire votre connaissance, *kyria*.

Gaia parlait un très bon anglais, ce qui ravit Zoe..

— Moi de même. Andreas m'a dit que vous étiez mère de famille..

— Oui. J'ai un mari et deux grands enfants, mariés tous les deux..

— Et vous avez des petits-enfants, peut-être ?.

— Quatre. Tous plus âgés qu'Ari..

— Quelle joie ce doit être ! Vous habitez Patras ?.

— Oui..

— J'aimerais beaucoup faire la connaissance de votre famille..

— Ce sera avec grand plaisir..

— La famille de Gaia est toujours la bienvenue ici, expliqua Andreas. Dites-moi, Gaia, Ari a fait sa sieste ?.

— Non, pas encore. Je m'apprêtais à le coucher..

— Si vous voulez bien vous en occuper, Zoe et moi, nous souhaitons être seuls un moment..

— Desma va bientôt arriver pour préparer le dîner. Je vais coucher Ari et je lui donnerai un coup de main..

— Merci, Gaia.

Andreas embrassa Ari et Gaia le prit dans ses bras. Le petit garçon se mit à gigoter. Bientôt, ses hurlements retentirent tandis que Gaia l'emmenait.

Andreas se tourna vers Zoe..

— Je suis vraiment désolé pour lui, mais tu passes en priorité aujourd'hui. Viens, montons tes bagages dans ta chambre !.

— Il est vraiment très malheureux, insista Zoe..

— C'est moi qui vais l'être encore davantage si je ne te prends pas dans mes bras dans les secondes qui viennent…

À peine eurent-ils franchi le seuil qu'il l'attira contre lui pour rouler avec elle sur le lit. Aussitôt, il l'embrassa avec fougue. Zoe se sentit chavirer. Plus rien n'existait que le bonheur d'être serrée dans ses bras. Leurs souffles se mêlaient, leurs mains se cherchaient, impatientes de partir à la découverte l'un de l'autre.

Andreas interrompit bientôt leur baiser..

— Tu n'imagines pas à quel point j'ai envie de toi, Zoe. Je brûle de te faire l'amour, dit-il, la voix rauque de désir. Mais je veux avoir tout mon temps pour cela.

Éperdue, Zoe pressa encore ses lèvres sur les siennes, puis embrassa son visage, son front, ses joues….

— Tu as raison, nous aurons tout le temps, souffla-t-elle. Ari ne va peut-être pas vouloir dormir, et tes grands-parents viennent dîner ce soir. J'attendrai, même si je meurs d'envie de toi…

Andreas la serra contre lui.

— Je ne te mérite pas, Zoe, mais je te jure d'employer toutes les journées et toutes les nuits de notre vie à t'aimer et à te chérir.

11

Le vol pour Santorin ne durait qu'une heure, et deux limousines attendaient le petit groupe à l'arrivée. Lorsque Zoe descendit du jet privé, elle fut accueillie par la lumière éclatante d'une de ces magnifiques journées ensoleillées dont la Grèce avait le secret.

La grand-mère d'Andreas, Hébé, du nom d'une déesse grecque, l'avait accompagnée dans les boutiques pour choisir sa robe de mariée. Elles s'étaient décidées pour une tenue magnifique, une robe ivoire aux manches trois quarts et au décolleté bordé de perles, qu'elle porterait aussi à l'Hôtel Gavras après la cérémonie.

Hébé avait choisi un tailleur d'un rose très doux qui s'harmonisait parfaitement avec ses cheveux argentés, qu'elle avait relevés en chignon. Leonidas, le grand-père d'Andreas, un homme de haute taille aux cheveux noirs striés de fils d'argent, était pour sa part en costume blanc. Tous deux formaient un couple magnifique, d'une très grande élégance. Ils seraient les témoins des mariés.

Ari se trouvait à Athènes avec sa mère. Zoe et Andreas le retrouveraient lorsqu'ils rentreraient de leur voyage de noces.

Lorsque les limousines arrivèrent devant l'hôtel, Andreas

porta le carton de la robe de mariée de Zoe dans la suite qui leur était réservée..

— Je te retrouve à l'église, mon amour, lui dit-il en posant sur elle un regard qui la bouleversa. Es-tu prête à prendre mon nom ?

Pour toute réponse, Zoe referma les bras autour de son cou et l'embrassa passionnément. Son cœur cognait si fort dans sa poitrine qu'elle avait l'impression que toute l'île devait l'entendre.

Puis ils se séparèrent et Andreas disparut pour aller revêtir le magnifique costume gris perle qu'il avait choisi pour la cérémonie.

Zoe songea qu'une demi-heure plus tard, elle serait mariée et qu'il fallait absolument qu'elle se dépêche. Hébé l'aida à fermer la série de petits boutons de nacre au dos de la robe..

— Vous êtes absolument ravissante, lui dit-elle en anglais..

— Il faut dire que cette robe est tellement belle ! s'exclama Zoe en se contemplant dans le miroir.

La robe était à la fois simple et très sophistiquée. En dentelle entièrement rebrodée, elle épousait parfaitement le buste de Zoe pour s'évaser ensuite, à partir de la taille, en une corolle souple et légère.

Andreas lui avait fait cadeau de boucles d'oreilles en diamant, assorties au solitaire monté sur or blanc qu'il avait glissé à son doigt la veille, en guise de bague de fiançailles.

Hébé posa sur les cheveux de Zoe la fine couronne de fleurs blanches qu'elles avaient choisie. Zoe n'avait pas voulu de voile..

— Tout ce qui importe, c'est que cela vous aille bien, avait dit Hébé.

Et c'était le cas..

— Mon petit-fils va rester sans voix lorsque vous allez apparaître…

Avant de descendre rejoindre la limousine, Zoe se tourna vers Hébé et la prit dans ses bras..

— Je vous aime déjà, Hébé. Vous ne pouvez pas savoir combien je suis heureuse de faire bientôt partie de votre famille !

Les yeux bruns d'Hébé brillèrent soudain. Ils étaient remplis de larmes..

— J'aurais tant voulu que mon fils et ma belle-fille puissent être présents en ce jour pour voir la jeune femme que leur fils a choisie ! J'aime à penser qu'ils nous voient de là-haut, tout comme ceux qui vous ont donné la vie.

Ce fut au tour de Zoe d'être profondément émue..

— Merci, Hébé. Cette pensée me touche infiniment..

— Allons-y, à présent. Je suis certaine que mon petit-fils brûle d'impatience de devenir votre époux.

Elles descendirent ensemble, traversèrent le grand hall d'entrée et montèrent dans la limousine.

Il ne leur fallut que quelques minutes pour rejoindre la magnifique église qui surplombait la mer. La seconde limousine était déjà garée sur le parking. Zoe n'en revenait pas. Elle avait l'impression de vivre un rêve. Dans quelques instants, elle allait épouser Andreas dans ce lieu magnifique !

Des touristes qui visitaient l'île s'arrêtèrent pour regarder le chauffeur ouvrir tour à tour les portières et aider Hébé et la mariée à descendre de voiture. Il les conduisit ensuite jusqu'en haut des marches de l'église et prit quelques photos, comme le lui avait demandé Andreas.

Puis les portes s'ouvrirent, et le futur époux apparut, plus séduisant que jamais dans son costume gris, sa chemise d'un blanc immaculé agrémentée d'une cravate légèrement moirée..

— Tu es superbe, lui dit Zoe, profondément émue, lorsqu'elle l'eut rejoint..

— Je doute qu'on puisse l'être autant que toi, répondit Andreas en plongeant son regard dans le sien.

Le chauffeur prit quelques photos du couple avant qu'il se détourne et pénètre dans l'église.

Leonidas les attendait. Il s'avança et tendit à Zoe un bouquet de fleurs blanches. Elle lui posa un baiser sur la joue et prit le bras qu'il lui offrait. Il la conduirait jusqu'à l'autel, et ce serait le pope Dumitru, de l'église grecque orthodoxe, qui présiderait la cérémonie.

Tandis qu'elle remontait l'allée tout illuminée de chandelles et parfumée d'encens, Zoe se sentit emplie de l'atmosphère recueillie du lieu.

Parvenue au pied de l'autel, elle tendit son bouquet à Hébé et, abandonnant le bras de Leonidas, joignit ses mains à celles d'Andreas.

Elle savait qu'il était important pour lui que les paroles qui devaient les unir soient dites en grec. Elle n'avait pas besoin de traduction pour comprendre ce qu'elles signifiaient, ni quels étaient les vœux qu'elle allait prononcer. Mais le pope parla néanmoins anglais lorsque son tour arriva de prononcer le « oui » qui allait l'engager.

Quand il leur eut donné sa bénédiction en faisant le signe de la croix, Andreas prit Zoe dans ses bras..

— Tu es mon épouse, à présent, *kyria* Gavras. Je t'aime.

Sur ces mots, il l'embrassa. La ferveur dans son regard et la chaleur de son baiser bouleversèrent Zoe. Elle se sentait aimée, chérie. Jamais, elle n'avait éprouvé pareil sentiment.

Andreas glissa un bras autour de sa taille, et ils rejoignirent Hébé et Leonidas, qui les félicitèrent et les prirent tour à tour dans leurs bras pour les embrasser.

Lorsqu'ils sortirent sur le parvis de l'église, le chauffeur prit de nouveau des photos. Des touristes et des habitants qui s'étaient rassemblés tout autour, curieux et ravis, les applaudirent..

— Ils ne nous connaissent même pas ! murmura Zoe.

Andreas lui sourit. Un sourire lumineux..

— C'est une petite église, symbole de bonheur. De nombreux mariages y sont célébrés, et les gens s'en réjouissent. Cela nous portera chance..

— Je ne vois pas comment on pourrait avoir plus de chance que moi ! Je t'ai, Andreas, et je t'aime.

Un désir fou brûlait dans le regard qu'Andreas posa sur elle. Il la conduisit jusqu'à la limousine et celle-ci les ramena à l'hôtel.

Une réception les y attendait, préparée en l'honneur des mariés, mais aussi des deux P-DG de la Gavras House Hotels, Andreas et son grand-père, l'actuel et le précédent. Tout avait été préparé pour que ce jour demeure à jamais inoubliable. Pourtant, aussi belle et réussie que soit la fête, Zoe avait hâte de se retrouver seule avec Andreas.

Et lui aussi. À peine le dessert dégusté, il se leva..

— Nous allons monter dans notre chambre, à présent, dit-il à ses grands-parents. Nous vous verrons demain, avant de nous envoler en voyage de noces.

Zoe se leva à son tour..

— Merci pour avoir fait de ce jour une telle félicité.

Ils embrassèrent tour à tour Hébé et Leonidas, puis gagnèrent le grand hall d'entrée et l'ascenseur, aussi impatients l'un que l'autre de se retrouver dans leur suite. Zoe se sentait totalement à sa place, comme si elle avait toujours aimé Andreas et n'avait vécu que pour ce moment-là.

Dans la suite, elle posa son bouquet sur la table et ôta la guirlande de ses cheveux. Andreas se débarrassa de sa veste, dénoua sa cravate puis déboutonna sa chemise et l'ôta.

Un à un, ils abandonnèrent ainsi tous leurs vêtements. La robe de mariée vint en dernier. Andreas souleva alors Zoe dans ses bras et la porta dans la chambre. Il la posa sur le lit ouvert, prêt pour les accueillir.

Lorsqu'il la rejoignit et la prit dans ses bras, il poussa un soupir de plaisir, et Zoe sentit un nouvel univers s'ouvrir à elle. Un univers d'amour, dans lequel aimer et être aimé devenait naturel. Un monde qu'elle n'aurait jamais imaginé. En cet instant, elle n'aurait su décrire ce qu'elle ressentait.

Il y avait si longtemps qu'ils rêvaient de se retrouver ainsi. L'attente n'avait donné que davantage de force à ce qu'ils partageaient à présent. Et Zoe s'abandonnait, libre de montrer à Andreas combien elle l'aimait. Et c'était grisant.

Il était très tard dans la nuit lorsque Andreas roula sur le côté et l'attira encore sur lui. Il couvrit de baisers son visage son cou. Zoe se sentait flotter, ivre de bonheur..

— Je ne sais pas si je t'ai dit combien tu es merveilleuse, et combien je suis amoureux de toi, murmura-t-il..

— Si, mais dis-le-moi encore ! Je ne me lasserai jamais de l'entendre. Aime-moi, Andreas. Toujours..

— Je ne veux rien d'autre. Et je vais en avoir le temps, désormais. Nous avons toute la vie devant nous.

Sur ces mots, Il prit sa bouche et la dévora. Zoe chavira une fois de plus. Ils refirent l'amour, encore et encore, et finirent par s'endormir, épuisés, dans les bras l'un de l'autre.

Quand Zoe se réveilla, le soleil filtrait à travers les persiennes. Andreas était allongé auprès d'elle et il la regardait. La barbe naissante qui ombrait ses joues lui donnait un charme fou..

— Tu es si belle, Zoe ! Je pourrais passer mes nuits et mes jours à te regarder. Et si douce… Ton corps m'enivre. Mon seul souci, désormais, est que tu t'ennuies, que tu te lasses de la vie avec moi maintenant que tu as renoncé à enseigner..

— Je n'ai peut-être pas renoncé, dit Zoe..

— Que veux-tu dire ?.

— Tu te souviens du jour où je me suis rendue à l'université de Patras ?.

— Oui.

Andreas traça le contour de ses lèvres de la pointe de l'index..

— Tu m'as dit que tu rencontrais le doyen au sujet de tes recherches, ajouta-t-il..

— Je t'ai menti.

Un sourire effleura les lèvres d'Andreas..

— Tu m'intrigues..

— Le doyen m'avait proposé de donner une série de cours sur Lord Byron pour le département littérature et théâtre. Ce devait être pour au minimum un semestre..

— J'ai épousé une femme brillante, je vois !.

— J'avais refusé, et tu sais pourquoi. Mais peut-être que, si je l'appelle et lui dis que ma situation a changé, il réitérera son offre..

— Je n'en doute pas une seconde.

Andreas referma les doigts sur sa nuque et l'attira contre lui. Il avait encore envie d'elle..

— Je suis tombé follement amoureux de toi à l'instant même où je t'ai vue. Et ce que j'éprouvais était si fort que j'ai craint de t'effrayer..

— Visiblement, ça n'a pas été le cas. Moi aussi, je suis tombée follement amoureuse de toi et, dès ce moment, je n'ai plus rêvé que d'une chose : être avec toi.

Andreas l'attira contre lui et glissa une jambe entre les siennes..

— Je suis si fier de mon épouse, aussi brillante que belle !

Zoe nicha le visage au creux de son cou..

— J'ai envie de continuer à enseigner, c'est très important pour moi. Mais je n'aurais rien contre faire un bébé. Ce serait bien pour Ari. J'ai aussi l'intention d'apprendre le grec et j'aurai besoin de leçons. Ari et moi, nous pourrions apprendre ensemble, qu'en penses-tu ?.

— Zoe…

Andreas la couvrit de baisers, et ils roulèrent, enlacés, unis, heureux. Ils avaient tous deux l'impression qu'ils ne pouvaient se rassasier l'un de l'autre.

Bientôt, hors d'haleine, ils retombèrent sur les draps emmêlés. Peu à peu, ils reprirent leur souffle et se rendirent compte qu'ils étaient affamés..

— Ne bouge pas, dit Zoe. Je m'occupe de tout.

Andreas sourit et décida de se laisser faire. Il se cala contre son oreiller tandis qu'elle saisissait le téléphone et passait commande auprès du *room service*.

Puis elle se glissa de nouveau entre ses bras, et il la serra contre lui..

— Après le petit déjeuner, nous aurons tout le temps de nous préparer pour le voyage de noces et toutes les merveilles que j'ai l'intention de te faire découvrir. Dans l'immédiat, je n'ai pas vraiment envie de me lever. Qu'en dis-tu ?

Zoe sourit et emprisonna son beau visage entre ses mains..

— J'espère que tu sais que la merveille que j'ai surtout envie de découvrir, c'est toi. Alors, je ne suis pas pressée de quitter tes bras. Je ne veux qu'une chose : profiter encore et encore du bonheur d'être aimée par toi.

Épilogue.

— Mesdames et messieurs, ce soir, nous sommes réunis ici, au Galaxy Theater, pour rendre hommage à Magda Collier et assister à l'avant-première du film magnifique qu'elle a consacré à Lord Byron. Magda ? Je vous en prie, venez me rejoindre sur la scène.

Une immense ovation monta du public. Zoe se pencha et sourit à Ginger et Abby et à leurs maris respectifs. C'était une soirée capitale, et l'excitation était à son comble chez les trois amies.

Le célèbre metteur en scène gagna le podium, personnalité flamboyante et appréciée de tous. Le président de la guilde cinématographique l'accueillit et lui donna l'accolade avant de s'écarter pour lui laisser toute la lumière..

— Quelle assemblée ! commença-t-elle. C'est un honneur pour moi de me trouver ici, face à vous tous, si talentueux. Notre rencontre de ce soir est un événement qui fera date dans ma carrière. Depuis de nombreuses années, je rêvais de réaliser un film sur Lord Byron, ce grand, très grand poète britannique. Un film qui le montrerait sous un jour totalement nouveau par rapport à tout ce qui a déjà été fait le concernant. Je voulais donner à voir un personnage affranchi de tous les clichés habituels et j'avais besoin de travailler à partir d'un matériau nouveau, de données nouvelles, mais surtout de regards neufs.

« Ces regards neufs, je suis allée les chercher dans nos universités les plus prestigieuses et j'ai découvert trois esprits remarquables, trois jeunes femmes brillantes qui sont venues à Los Angeles travailler avec mes scénaristes durant une semaine. Je leur ai confié à chacune une mission et, dès le mois de janvier, elles sont parties mener à bien leurs recherches. Le résultat a dépassé mes espérances. Que chacune veuille bien se lever lorsque je citerai son nom. »

Zoe agrippa le bras d'Andreas. Ni elle ni ses amies n'avaient prévu ce qui était en train de se passer..

— La première de nos brillantes universitaires est Abby Grant Decorvet, de l'université de San José. Elle s'est rendue en Suisse avec pour mission d'étudier les voyages que Lord Byron y avait effectués.

Abby se leva et fut saluée par des applaudissements nourris. Ils durèrent plusieurs minutes avant qu'elle puisse se rasseoir. Tout récemment, elle avait donné naissance à un fils. Raoul et elle nageaient en plein bonheur..

— Notre deuxième universitaire est Ginger Lawrence della Scala, de l'université de Stanford. Elle s'est rendue en Italie, où le célèbre poète a séjourné assez longtemps.

Une nouvelle salve d'applaudissements accueillit Ginger lorsqu'elle se leva. Elle était enceinte de six mois, et cela ne passait pas inaperçu.

Zoe se prépara, le cœur battant. Ça allait être son tour..

— Notre troisième universitaire est Zoe Perkins Gavras, de l'université de Californie. Elle s'est rendue en Grèce, où l'action de Lord Byron au côté des Grecs fut si importante, mais où, malheureusement, il vécut ses derniers jours. Il y périt en effet à l'âge de trente-six ans.

Andreas pressa tendrement la main de Zoe au moment où

elle se levait. Ils venaient juste d'apprendre qu'elle attendait un enfant, et leur bonheur était à son comble.

De nouveaux applaudissements emplirent la salle. Lorsqu'ils cessèrent, Zoe se rassit. Il était temps. L'émotion lui faisait tourner la tête. Il lui semblait que ses jambes allaient se dérober sous elle..

— Lorsque vous verrez le film, poursuivit Magda, vous mesurerez à quel point leurs recherches ont été fructueuses. Ces jeunes femmes ont accompli un travail de très grande qualité, magnifiquement relayé par les scénaristes et les acteurs du film. Lord Byron était un génie et, grâce à toute l'équipe qui a œuvré à la création de ce film, je peux dire qu'il est à sa mesure.

« Pour clore la belle histoire de la genèse du film, je me permets de vous faire part d'une nouvelle des plus réjouissantes. Ces trois talentueuses jeunes femmes ont chacune rencontré l'homme de leur vie tandis qu'elles travaillaient à ce projet. Elles se sont mariées l'année dernière et vivent respectivement en France, en Italie et en Grèce, les trois pays d'Europe qui étaient si chers au cœur de Lord Byron. Une belle conclusion à cette aventure et à laquelle ni elles ni moi, ne nous attendions ! »

Une clameur joyeuse monta du public, relayée par de nouveaux applaudissements..

— Et maintenant nous n'avons plus qu'à regarder le fruit de tout notre travail ! conclut Magda.

Le silence se fit dans la salle et la lumière s'éteignit. Zoe fut aussitôt happée par le film, tour à tour fascinée, touchée, émue jusqu'aux larmes, subjuguée. Les acteurs étaient magnifiques, leur jeu subtil. Les émotions se succédaient, et Zoe les ressentait intensément, tout comme ses amies, elle en était certaine, tandis que la poésie de Lord Byron prenait vie sous leurs yeux, en grande partie grâce aux recherches qu'elles avaient menées.

Zoe était fière de ce qu'elle avait accompli, et ce sentiment lui fit venir les larmes aux yeux à de nombreuses reprises. Plusieurs fois, elle regarda ses amies et vit que la même émotion les étreignait. Elles avaient les yeux brillants, elles aussi. Elle se tourna vers Andreas et l'amour qu'elle lut dans son regard la bouleversa.

À la fin du film, un tonnerre d'applaudissements retentit. Le public tout entier se leva, ovationnant le film et son équipe. Magda salua et dut revenir à six reprises sous les bravos et les acclamations. Zoe était heureuse pour elle et profondément touchée d'avoir été choisie, ainsi que ses amies, pour participer à l'élaboration de ce film qui se révélait un chef-d'œuvre, du début jusqu'à la fin.

À la sortie de la salle, elles furent littéralement assaillies par des spectateurs qui souhaitaient leur parler, obtenir un autographe ou prendre des photos.

Une limousine les attendait et elles y montèrent toutes les trois avec leurs époux. Magda avait réservé pour eux au Kimpton Everly Hotel. À leur arrivée, ils se retrouvèrent tous dans la suite de Zoe et d'Andreas.

Ce dernier commanda deux bonnes bouteilles de vin accompagnées d'un assortiment de petits canapés, et tout le monde s'installa.

Ce fut Ginger qui parla la première..

— Je dois admettre que je ne m'attendais pas du tout à ce que le film me fasse une impression aussi forte.

Abby acquiesça..

— Je comprends ce que tu veux dire. À chaque scène, à chaque nouveau développement, je devais me pincer pour croire que c'était bien nous, toutes les trois, qui étions à l'origine de ce qui nous était donné à voir, que c'étaient nos recherches qui en avaient permis l'existence..

— C'est vraiment incroyable que Magda nous ait invitées et qu'elle nous ait rendu hommage comme elle l'a fait, dit Zoe.

Andreas glissa un bras autour de ses épaules..

— Je ne crois pas m'avancer si je dis, au nom des hommes présents ici, ce soir, combien nous sommes fiers d'avoir pour épouses des femmes aussi extraordinaires..

— Aussi géniales, renchérit Raoul..

— C'est incontestable, ajouta Vittorio.

Il se tourna vers Ginger..

— Je regrette que mon frère Gaspare n'ait pas pu voir le film, ce soir..

— Moi aussi, répondit Ginger. Heureusement, il sera diffusé à l'étranger et il aura donc l'opportunité de le voir.

Raoul se servit un nouveau verre de vin..

— Le passage qui concerne *Le Prisonnier de Chillon*, ce poème magnifique, m'a beaucoup touché.

Il leva les yeux vers Abby..

— Le jour où nous nous sommes rencontrés, nous sommes partis en bateau sur le lac de Genève, et tu m'as récité quelques vers de cette œuvre. Jamais je ne l'oublierai !.

— Moi non plus, mon amour !

Zoe se servit un canapé..

— Puisque nous sommes ici pour quelques jours, qu'avez-vous envie de faire demain ?.

— Que diriez-vous d'effectuer un petit pèlerinage et d'aller visiter les lieux où nos épouses respectives ont grandi ? proposa Andreas.

L'idée emporta l'adhésion, puis tous décidèrent bientôt de se retirer dans leurs suites. Zoe sourit. Elle savait qu'elle n'était pas la seule à avoir envic d'intimité.

Dès que Ginger, Abby et leurs époux furent partis, Andreas éteignit la lumière. Puis il prit Zoe par la main et l'entraîna dans leur chambre.

À peine couchés, il l'attira contre lui et la serra follement dans ses bras..

— Le jour où ton taxi a eu cet accident, jamais je n'aurais pu imaginer que je me retrouverais un jour à Hollywood et que j'y verrais un film à la réalisation duquel mon épouse aurait grandement participé. Désormais, tu es une célébrité. C'est un privilège d'être ton mari..

— Je te retourne le compliment, dit Zoe. C'est un privilège d'être ta femme.

Elle posa ses lèvres sur les siennes et sourit, mutine..

— Tu veux que je te montre à quel point ?

OFFRE DÉCOUVERTE !

Vous souhaitez découvrir nos collections ? Recevez **votre 1er colis gratuit* avec 1 cadeau surprise !** Une fois votre colis de bienvenue reçu, si vous souhaitez continuer à recevoir nos livres, cela se fera automatiquement. Vous recevrez alors vos livres inédits** en avant-première.

Vous n'avez aucune obligation d'achat et cette offre est sans engagement de durée !

*1 livre offert + 1 cadeau / 2 livres offerts pour la collection Azur + 1 cadeau.
**Les livres Ispahan, Sagas, Gentlemen et Hors-Série sont des réédités.

☛ COCHEZ la collection choisie et renvoyez cette page au
Service Lectrices Harlequin – CS 20008 – 59718 Lille Cedex 9 – France

Collections	Références	Prix colis*
❑ **AZUR**	Z1ZFA6	6 livres par mois 29,39€
❑ **BLANCHE**	B1ZFA3	3 livres par mois 24,15€
❑ **LES HISTORIQUES**	H1ZFA2	2 livres par mois 16,89€
❑ **ISPAHAN**	Y1ZFA3	3 livres tous les 2 mois 23,85€
❑ **PASSIONS**	R1ZFA3	3 livres par mois 25,59€
❑ **SAGAS**	N1ZFA3	3 livres tous les 2 mois 28,26€
❑ **BLACK ROSE**	I1ZFA3	3 livres par mois 25,59€
❑ **VICTORIA**	V1ZFA3	3 livres tous les 2 mois 26,19€
❑ **GENTLEMEN**	G1ZFA2	2 livres tous les 2 mois 17,35€
❑ **HARMONY**	O1DFA3	3 livres tous les mois 20,16€
❑ **ALIÉNOR**	A1ZFA2	2 livres tous les 2 mois 17,35€
❑ **HORS-SÉRIE**	C1ZFA2	2 livres tous les 2 mois 17,85€

N° d'abonnée Harlequin (si vous en avez un) ____________

Mme ❑ Mlle ❑ Nom : ____________

Prénom : ____________ Adresse : ____________

____

Code Postal : ______ Ville : ____________

Pays : ____________ Tél. : ____________

E-mail : ____________

Date de naissance : ____________

Date limite : 31 décembre 2021. Vous recevrez votre colis environ 20 jours après réception de ce bon. Offre soumise à acceptation et réservée aux personnes majeures, résidant en France métropolitaine, dans la limite des stocks disponibles. Prix susceptibles de modification en cours d'année. Vous pouvez demander à accéder à vos données personnelles, à les rectifier ou à les effacer. Il vous suffit de nous écrire en nous indiquant vos nom, prénom et adresse à : Service Lectrices Harlequin CS 20008 59718 LILLE Cedex 9. Service Lectrices disponible du lundi au vendredi de 9h à 17h : 01 45 82 47 47.